Sarah Rappeport   Die Jüdin von Cherut

W0074909

Sarah Rappeport
Die Jüdin von Cherut

Roman

HENTRICH &HENTRICH

Inhalt

Moshe Sluhovsky / Andreas Kraß:
Vorwort   7

Netta Bar-Ziv:
Sarah Rappeport (1890–1980) –
Eine biographische Skizze   9

Andreas Kraß:
»Die Jüdin von Cherut« –
Eine literaturgeschichtliche Einordnung   28

Moshe Sluhovsky:
»Die Jüdin von Cherut«
in ihrem historischen Kontext   48

Sarah Rappeport:
»Die Jüdin von Cherut«   65

Anhang

1. Materialien   195

a) Fragmente   195

b) Brief von Arthur Stadler an Sarah Rappeport   198

2. Zur Textgestalt   200

3. Kommentar   203

4. Literaturverzeichnis   206

5. Anmerkungen   210

6. Abbildungsnachweis   213

● → ...lesen in der ... über das ...

✳ → über Nana

△ → über Hussan

✕ → Judentum

∿ → Mannebild

▢ → Motiv des ...

⊘ → ~~Frauen~~ Blicke der Frauen untereinander

K → Konflikt (national.)

Vorwort

Dieses Buch verdankt sein Entstehen der Unterstützung zahlreicher Personen und Institutionen, denen die Herausgeber an dieser Stelle herzlich danken möchten.

Wir danken der German-Israeli-Foundation for Scientific Research and Development für die Förderung des von 2016 bis 2019 an der Hebräischen Universität in Jerusalem und der Humboldt-Universität zu Berlin durchgeführten Forschungsprojekts »Jewish Presence in Weimar Gay and Lesbian Culture and the German-Jewish Contribution to the Emergence of Gay Culture in Palestine/Israel, 1933–1960«, in dessen Zusammenhang dieses Buch entstanden ist.

Wir danken Sarah Rappeports Enkelinnen Aya Azrialant und Dina Rappeport herzlich dafür, dass sie uns die Manuskripte und Fotos vertrauensvoll zur Verfügung stellten, auf denen die vorliegende Edition von Sarah Rappeports Roman *Die Jüdin von Cherut* basiert. Besonderer Dank gilt Ofer Nordheimer Nur, der uns zuerst auf die Manuskripte aufmerksam machte.

Wir danken Netta Bar-Ziv für die Biographie, die sie auf Grundlage ihrer Gespräche mit Sarah Rappeports Enkelinnen für diesen Band verfasste.

Wir danken Judith Poppe für ihre Mitarbeit an der Erstellung des Editionstextes und des Kommentars und Nimrod Levin für organisatorische Unterstützung.

Nicht zuletzt danken wir der Herausgeberin Liliana Ruth Feierstein für die Aufnahme dieses Buchs in die Reihe der Jüdischen Spuren und Nora Pester, der Verlegerin des Hentrich & Hentrich Verlags, für die großartige Unterstützung, mit der sie dieses Buchprojekt von Anfang an begleitet hat.

Jerusalem und Berlin im Juni 2020,
Moshe Sluhovsky und Andreas Kraß

Sarah Rappeport (1890–1980)

Eine biographische Skizze

Netta Bar-Ziv

Die Geschichte des Zionismus wurde lange als eine des männlichen Zionismus erzählt, da der »Neue Jude«, der in Palästina den jüdischen Yishuv gründete, als männlicher Held vorgestellt wurde, der sich, im Unterschied zum Typus des schwachen Juden der Diaspora, durch Mut und Stärke auszeichnete.[1] Aus diesem Grund sind publizierte Informationen über Sarah Rappeport spärlich, denn weder zählte sie zu den berühmten Anführern des Yishuv, noch galt sie als kulturelles Idol. Doch war sie eine eifrige Fürsprecherin des sozialistisch-zionistischen Traums, in Palästina eine neue, utopische Gesellschaft aufzubauen.

In den letzten zwanzig Jahren hat sich der männlich zentrierte Zugang zur zionistischen Geschichtsschreibung gewandelt, insofern zunehmend der Anteil von Frauen an der zionistischen Bewegung in den Mittelpunkt der Untersuchungen gestellt wird.[2] Dazu will auch die folgende Rekonstruktion von Sarah Rappeports bewegter Lebensgeschichte beitragen. Die Darstellung stützt sich auf meine Gespräche mit ihren Enkeltöchtern Dina Rappeport und Aya Azrialant, Einblicke in die Dokumente des Familienarchivs und den publizierten Briefwechsel Martin Bubers mit ihrem Ehemann Ernst Elijahu Rappeport. Die Biographie umfasst sechs Stationen: ihre Kindheit in Preßburg (1890–1900), ihre Jugend in Wien (1900–1910), wo sie Elijahu heiratete, die Familiengründung in Göttingen (1910–1914), die Rückkehr nach Wien (1914–1921), die Auswanderung ins Kibbuz Bet Alfa (1921–1940), wo sich das Paar später trennte, und die letzten Jahrzehnte im Kibbuz Ramat Jochanan (1940–1980).

Preßburg (1890–1900)

Sarah Rappeport wurde 1890 in Preßburg (Bratislava) in der heutigen Slowakei als Tochter von Ruth und Leopold Gelb geboren. Sarah hatte sechs Schwestern und einen Bruder. Die Familie war in der jüdischen Gemeinde von Preßburg wohlbekannt, denn Ruth war eine Enkelin des Rabbis Moshe Sofer (1762–1839), einer der größten jüdischen Gelehrten seiner Zeit. Trotz dieses religiösen Familienerbes wuchs Sarah in zionistischer Umgebung auf. Ein Onkel mütterlicherseits wanderte 1882 im Zuge der *Bilu*-Bewegung, einer der ersten Gruppen zionistischer Pioniere, nach Palästina aus.[3] Die meisten Mitglieder dieser Gruppe stammten aus Russland, wo sie die Pogrome von 1881 überlebt hatten. Ihr Ziel war die Errichtung sozialistischer jüdischer Siedlungen in Palästina, die landwirtschaftlich ausgerichtet waren. Gelegentlich schickte der Onkel den Verwandten von seinem Weingut in Petach Tikva, einer Pioniersiedlung in der Nähe von Jaffa, ein Fass koscheren Wein.

Wien (1900–1910)

1900 zog die Familie Gelb nach Wien um. Als Jugendliche wurde Sarah dort Mitglied des Blau-Weiß-Bun-
des, einer zionistischen Jugendbewegung. So begann
sich ihr Interesse am Sozialismus und dessen Erfüllung in der zionistischen Idee zu entwickeln. Nach
ihrem Schulabschluss nahm sie an der Wiener Universität das Studium der Chemie auf.

Hier traf sie ihren künftigen Ehemann Ernst Elijahu
Rappeport (1889–1952). Die Familien fanden zunächst keinen Gefallen an dieser Beziehung, denn die
Gelbs betrachteten Elijahu als »Häretiker«, wohin-
gegen die Rappeports Sarah als »Ostjüdin« ansahen,
die noch nicht in der Moderne angekommen sei.[4] Der
Begriff »Ostjuden«, den der deutsch-jüdische Histo-
riker Natan Birenbaum 1900 einführte, verweist auf
die zunehmende Präsenz osteuropäischer Juden in
Westeuropa. Der Begriff hat nicht nur eine geogra-
phische, sondern auch eine moralische Bedeutung.
Ende des achtzehnten Jahrhunderts richteten viele
assimilierte Jüdinnen und Juden des Westens einen
negativen Blick auf ihre östlichen Brüder und
Schwestern. Sie sahen in ihnen eine geschlossene,
ungebildete und unmoderne Gruppe, die das völlige
Gegenteil des westlich-jüdischen Strebens nach
Assimilierung an die moderne Gesellschaft darstellte.
Während Sarah in einer Familie mit ausgeprägt jüdischer und zionistischer Gesinnung aufwuchs, waren
die Rappeports eine der assimiliertesten und auch

reichsten jüdischen Familien in Wien, denn Elijahus Vater Ludwig besaß eine florierende Hefefabrik.[5]

Elijahu studierte Mathematik und Physik, begeisterte sich aber auch für Philosophie. Nach einem Vortrag Martin Bubers begann er mit dem Religionsphilosophen zu korrespondieren. Einige dieser Briefe, die zwischen Juni 1910 und Februar 1923 geschrieben wurden, geben Aufschluss über Sarahs und Elijahus Lebenssituation; sie sind in Bubers edierter Briefsammlung überliefert.[6]

Göttingen (1910–1914)

1910 zog Elijahu zunächst allein nach Göttingen, wo er schließlich sein Diplom erwarb und seine Promotion abschloss. Sarah folgte ihm bald nach, wie ein Brief vom 2. Januar 1911 belegt. Das Paar hatte inzwischen geheiratet, Sarah war schwanger und zog nach Göttingen, um mit ihrem Mann zusammenzuleben und Landwirtschaft zu studieren. Später wollte das junge Paar als Zionisten nach Palästina auswandern: er als Lehrer, sie als Landwirtin. Elijahu schreibt an Buber:

> Ich möchte Ihnen etwas Wichtiges mitteilen [ ]: ich bin verheiratet. Das weiß ich zwar schon lange, aber jetzt kommt meine Frau nach Göttingen und wir werden von nun an zusammenbleiben – und wenn man so etwas vorher verraten darf – nicht lange ohne Segen. […] [U]rsprünglich wollten wir es so einrichten, daß meine Frau Landwirtschaft erlernt und wir dann nach Palästina gehen, sie als Landwir-

tin und ich als Lehrer. Dieser Plan wird sich wohl ein wenig abbiegen, denn ich glaube nicht, daß meine Frau noch Zeit haben wird Landwirtschaft zu erlernen. Aber von Palästina lasse ich doch nicht ab und das wird auch unbedingt möglich sein, daß ich als Lehrer später einmal hinuntergehe.[7]

Ein Brief vom 13. Januar 1911 offenbart, dass Sarah und Elijahu ohne Zustimmung ihrer Familien geheiratet hatten und Sarah Wien ohne Einverständnis ihrer Eltern verlassen hatte:

[I]ch bin nicht mehr allein und die Gegenwart meiner unendlich guten Frau raubt mir jeden trüben Gedanken. [ ] Gerade klopft es und meine Frau bekommt von ihrer Mamma folgendes Telegramm: »Schabbos machen, Schabbos halten, Brief folgt. Deine Mutter Ruth.« [ ] Dieses Telegramm hätte nicht bald jemand seiner Tochter geschickt, die sich heimlich einem Mann verbindet und ohne Erklärung das Haus verläßt.[8]

Wenige Monate später, im Mai 1911, gebar Sarah ihren ersten Sohn Elazar (1911–2006). Ein Jahr später kam ihre Tochter Ester (1912–2004) zur Welt.

Wien (1914–1921)

1914 zog das Paar nach Wien zurück. Inzwischen hatten Elijahus und Sarahs Eltern die Heirat akzeptiert und unterhielten herzliche Beziehungen zu ihren Enkelkindern.[9] In demselben Jahr verbrachte die junge Familie einige Zeit in Basel, die genaue

Dauer ihres Aufenthalts ist nicht bekannt. In Basel schloss Elijahu im Fach Philosophie mit einer Dissertationsschrift über Spinoza seine zweite Promotion ab.

Während des Ersten Weltkriegs wurde das Paar für ein Jahr getrennt. Elijahu wurde 1915 in die Österreichisch-Ungarische Armee eingezogen und leistete seinen Militärdienst als Luftfotograf. Da ihm zu seiner Aufgabe, aus Flugzeugen Aufklärungsfotos zu schießen, jegliche Neigung fehlte, gab er beständig vor, krank zu sein, sodass er 1916 wieder entlassen wurde und nach Wien zu seiner Familie zurückkehren konnte.[10] Während seiner Abwesenheit hatte sich Sarah allein um die gemeinsamen Kinder gekümmert.[11] 1917 wurden die Zwillinge Raphael (1917–2009) und Ruben geboren. Der kleine Ruben starb noch vor seinem zweiten Geburtstag.

Der Wiener Wohnsitz der Familie entwickelte sich zu einem Salon, in dem sich die jüdische intellektuelle und kulturelle Elite Österreichs traf. Der Philosoph Martin Buber und der Maler Arthur Stadler waren nur einige der prominenten Gäste, die sie täglich besuchten. Zudem waren die Rappeports Mitglied der literarischen Gesellschaft von Lou Andreas-Salomé (1861–1937), einer der ersten weiblichen Psychoanalytikerinnen, die mit Sigmund Freud und Friedrich Nietzsche befreundet war. Rappeports privates Archiv, das heute größtenteils von ihren Enkelkindern aufbewahrt wird, enthält zahlreiche Postkarten und Briefwechsel mit Lou Andreas-Salomé, Arthur Stadler und Martin Buber.

Sarah und Elijahu, ihr Ehemann, auf Heimaturlaub
als Offizier der Österreichisch-Ungarischen Armee, 1917

Bet Alfa (1921–1940)

Im Jahr 1920 schlossen sich die Rappeports, obwohl sie schon vergleichsweise alt und Eltern von drei kleinen Kindern waren, einer Gruppe der zionistischen Jugendbewegung *Hashomer Hatzair* (»Der junge Wächter«) an, die zu den Pionieren der Dritten Aliya zählte.[12] Elijahu gehörte zum sogenannten Kibbuz Alef, einer Gruppe zionistischer Einwanderer, die zum größten Teil 1920 eintrafen und von den britischen Mandatsbehörden im Straßenbau beschäftigt wurden. Sie erbauten die Straße, die Haifa entlang der Mittelmeerküste mit Syrien und Dschidda (Saudi-Arabien) verbinden sollte. Einige von ihnen, nicht alle, waren radikale Sozialisten, während andere von Martin Bubers romantischem Zionismus beeinflusst waren. In den späten 1920er Jahren gründeten etwa vierundzwanzig Mitglieder dieser Gruppe eine kleine, experimentelle landwirtschaftliche Siedlung auf der Höhe eines Berges, der einen Blick auf den See Genezareth gewährte. Im Unterschied zu den meisten linken Zionisten war der *Bitanya*-Bund vorwiegend Wiener oder galizischer Herkunft.[13] Die Besonderheit dieses Bundes zeigte sich vor allem in seiner Lebensform. Nach einem langen Tag körperlicher Arbeit traf man sich zu Gesang und Tanz, intellektuellen Diskussionen und intimen Bekenntnissen über das persönliche Gefühlsleben. Zunächst legte ein einzelnes Mitglied die Beichte ab, dann fällte das Kollektiv das gemeinsame Urteil.[14]

Als Sarah Ende 1921 ihrem Mann nach Palästina folgte, brachte sie außer ihren drei kleinen Kindern acht Pistolen und eine Kiste Saatgut mit.[15] Der *Bitanya*-Bund hatte sich bereits aufgelöst, und einige Mitglieder schlossen sich dem *Shomria Bataillon (Gdud Shomria)* an.[16] Das *Shomria Bataillon* hatte nur vierzig Mitglieder, war aber 1920 Teil eines viel größeren Arbeiterverbandes *(Gdud Ha'Avoda)*, der sich aus hunderten Pionierinnen und Pionieren zusammensetzte, die in verschiedene Arbeitsgruppen eingeteilt waren. Sie lebten in tragbaren Zelten und wechselten den Ort, wie es die Arbeit erforderte. Als der Jüdische Nationalfonds *(Keren Kayemet Le'Israel)* 1921 das Land in der Jesreel-Ebene *(Emek Yizre'el)*, einem Gebiet im Nordosten des heutigen Israel, kaufte, gründeten einige dieser Gruppen dauerhafte Siedlungen wie En Charod und Tel Josef in der Nähe von Bet Alfa. Diese Kibbuzim wurden als »Große Gruppe« vom Siedlungsmodell der »Kleinen Gruppe« abgegrenzt, das die Zweite Aliya charakterisiert hatte. Der Hauptunterschied bestand im jeweiligen Umgang mit neuen Mitgliedern. Während die Kleine Gruppe wählerisch war, nahm die Große Gruppe alle auf, die an ihrer Vision teilhaben wollten. Das *Shomria Bataillon* zog, je nach Fortschritt des Straßenbaus, beständig von Ort zu Ort, wohnte in Zelten und trotzte den Herausforderungen des Wetters.[17] Die Gruppe, die aus dem Zusammenschluss der *Bitanya*-Gruppe mit dem *Shomria Bataillon* hervorging, nannte sich Kibbuz Alef. Sie ließ sich in der Nähe von Haifa nieder und baute die Straße von Haifa nach Dschidda (Jeddah). Ein Jahr später, 1922, errichtete sie in der Jesreel-Ebene den Kibbuz Bet Alfa.

Sarahs soziale Stelle in der Gruppe ergab sich hauptsächlich aus dem Altersunterschied zwischen ihr und den übrigen Mitgliedern (vom gleichaltrigen Elijahu abgesehen). Denn die dritte Welle der Einwanderer nach Palästina war nicht nur sehr jung, sondern es handelte sich, genauer gesagt, um Jugendliche und Heranwachsende. Die meisten von ihnen waren zwischen sechzehn und zwanzig Jahre alt. Ihr bekanntester Anführer, Meir Ya'ari (1897–1987), war, als er auswanderte, erst dreiundzwanzig Jahre alt. Die soziale Stellung der Rappeports, vor allem aber Sarahs, hob sich somit von der Gemeinschaft ab. Sie war ein Jahrzehnt älter und eine verheiratete Mutter von drei Kindern, während die übrigen Mitglieder der Gruppe noch ledig waren. Aufgrund ihres Geschlechts, ihres reiferen Alters und vor allem ihrer Mutterschaft sah sie sich innerhalb der Gemeinschaft in eine mütterliche Rolle versetzt. Schon bald nach ihrer Auswanderung wurde sie von allen »Mamina« genannt. Der Kosename, der sie ihr ganzes Leben lang begleitete, war ein getreuer Spiegel ihrer Rolle in der Gemeinschaft. Schon vor der Gründung Bet Alfas war sie für die traditionell als weiblich aufgefassten Aufgaben im täglichen Leben der Gruppe verantwortlich: Kochen, Waschen und die Wahrung hygienischer Mindeststandards zur Abwehr der Malaria-Gefahr.[18]

Diese Pflichten führten gelegentlich zum Kontakt mit arabischen Kaufleuten, die im unteren Galiläa lebten. Während des Aufenthalts der Gruppe in der Nähe von Haifa nahm sie freundschaftliche Beziehungen mit dem Scheich des Dorfes, Balad El-Sheikh, auf. Gemäß einer Familienlegende pflegte Sarah ihn zuhause zu besuchen, zuweilen mit ihren Kindern, bis er einmal vorschlug, eine Ehe zwischen seinem Sohn und ihrer zehnjährigen Tochter zu arrangieren. Wie Sarahs Enkeltochter Aya Azrialant berichtet, pflegte Sarah, wenn sie diese Geschichte erzählte, zu scherzen, dass ihre Weigerung der »Grund für den israelisch-arabischen Konflikt« gewesen sei.

1924 bekamen Sarah und Elijahu einen weiteren Sohn, Gavriel, der später ein Kommandeur des *Palmach*, einer jüdischen Untergrundarmee in Palästina (1941–1948), wurde. Im selben Jahr entwickelte Elijahu als einziger Mann im Kibbuz, der bereits mehrfacher Vater war, die Idee der Kindergesellschaft *(Hevrat Ha'Yeladim)*, einer informellen Erziehungseinrichtung für die Kinder von Bet Alfa und der nahegelegenen Kibbuzim. In den ersten Jahren der Kindergesellschaft war Elijahu gemeinsam mit David Idelson und Shmuel Goldstein (Golan) als Hauptlehrer tätig.[19] Ihre pädagogische Philosophie war keineswegs formell. Es gab kaum geplante Schulstunden, sondern die Kinder bestimmten oftmals selbst gemäß ihren eigenen Interessen die Inhalte, die im Unterricht behandelt werden sollten.[20] Nach fünf Jahren wurde die Kindergesellschaft infolge der arabischen Aufstände in Palästina aufgelöst. Denn 1929 hatte sich in Jerusalem ein Konflikt um den Zugang zur Klagemauer zu einem gewalttätigen arabischen Angriff auf die jüdische Bevölkerung in Palästina gesteigert.[21] Als offizielle Begründung für die Auflösung der Kindergesellschaft diente die Notwendigkeit, die Kinder zu beschützen und an einen sichereren Ort zu bringen. Doch hatten weltanschauliche Differenzen zwischen den Gründern und der Mangel an organisatorischer Führung den ursprünglichen Betrieb der Kindergemeinschaft schon vorher unterminiert. Nach den Aufständen wurden die Kinder im Namen der *Hashomer Hatzair* einem formelleren Erziehungssystem zugeführt.

In dieser Zeit besuchte der Berliner Sexualwissenschaftler Magnus Hirschfeld den Kibbuz Bet Alfa. Es war die letzte Station seiner Weltreise, die im November 1930 in New York begann und im März 1932 in Palästina endete. Hirschfeld erwähnt, dass er in Bet Alfa auf den »Dichter Eliahu Rappaport« traf, der in der Siedlung für die pädagogische Betreuung der Kinder zuständig gewesen sei.[22] Über Sarah Rappeport verliert er kein Wort.

Nach der Auflösung der Kindergesellschaft und der Errichtung eines formelleren Erziehungssystems in Bet Alfa fand Elijahu nicht mehr wie früher seinen Platz im Kibbuz.[23] Schließlich verließ er Bet Alfa, und nach kurzem Aufenthalt in der Tschechischen Republik, wo er eine Ausbildung als Geigenbauer absolvierte, ließ er sich dauerhaft in Tel Aviv nieder,

Sarah im Kibbuz, vor 1925

ironischerweise in der Spinozastraße, und übte dort seinen neuen Beruf aus. Sarah folgte ihm nicht nach, sondern blieb mit ihren Kindern im Kibbuz. Ab diesem Zeitpunkt waren die Rappeports de facto kein Paar mehr, doch trotz der ehelichen und räumlichen Trennung, die Elijahu herbeigeführt hatte, unterhielten sie fortan eine freundschaftliche Beziehung.

Sarah am Strand des Toten Meers, mit einer Büste
ihres Kopfes, geschaffen von ihrem Ehemann, 1935

Sarah (mit Unterschrift in Hebräisch und Englisch),
Dezember 1937

Ramat Jochanan (1940–1980)

Im Jahr 1940 befeuerte eine weltanschauliche Meinungsverschiedenheit der Kibbuz-Bewegung die Aufspaltung in zahlreiche Kibbuzim, darunter Bet Alfa. Die radikaleren Mitglieder des Kibbuz blieben am Ort, während die Mitglieder, die zur Hauptgruppe der zionistischen Arbeiterbewegung zählten, nach Ramat Jochanan in der Nähe von Haifa zogen, einem Kibbuz, der 1932 von einer Gruppe von Pionieren der Dritten Aliya gegründet worden war, die ebenfalls dem *Hashomer Hatzair* angehörten.

Obwohl sich Sarah selbst als Kommunistin betrachtete, entschloss sie sich aus unbekannten Gründen, Bet Alfa zu verlassen und mit der Hauptgruppe nach Ramat Jochanan umzuziehen. Hier verbrachte Sarah den Rest ihres Lebens im Kreis ihrer Freundinnen und Freunde. Besonders eng verbunden war sie mit Alma Meir (1901–1978), die mit ihrem Ehemann Shalom Meir zusammenlebte, bis dieser 1950 starb. Alma überlebte ihren Mann noch achtundzwanzig Jahre, und zwei Jahre nach ihrem Tod starb auch Sarah im Alter von neunzig Jahren.

Das literarische Werk

In den 1920er und 1930er Jahren verfasste Sarah in ihrer Muttersprache mindestens drei literarische Werke, die allesamt unveröffentlicht blieben. Ihre Söhne übersetzten die Schriften ins Hebräische.

Sarah nahm den Künstlernamen Ruth Ruben an, der sich aus den Vornamen ihrer verstorbenen Mutter Ruth und ihres verstorbenen Sohnes Ruben zusammensetzt.

Die etwa einhundertzwanzig Manuskriptseiten umfassende Erzählung *Die Jüdin von Cherut* ist das umfangreichste ihrer literarischen Werke. In dieser Geschichte schlägt sich Rappeports einzigartige Stellung am Schnittpunkt der europäischen und nahöstlichen Kultur nieder. Die Erzählung umfasst zwei Handlungsstränge. Der erste folgt den Abenteuern der weiblichen Heldin, die in der ursprünglichen Fassung Dora Horn und in der überarbeiteten Fassung Maria Roth heißt. Es handelt sich um eine autofiktionale Figur, die als zionistisch-sozialistische Pionierin mit strenger Ideologie vorgestellt wird. Der andere Strang erzählt die Geschichte von Husseini, einem arabischen Kaufmann, der mit seinen drei Ehefrauen in der Nähe von Doras bzw. Marias Kibbuz lebt. Zu Beginn der Erzählung verlieben sich die beiden ineinander, alle nachfolgenden Ereignisse gehen daraus hervor. Auch die Geschichte von Husseinis Ehefrauen, deren Beziehungen von Eifersucht und Liebe geprägt sind, wird den Leserinnen und Lesern mitgeteilt. Husseini und seine Familie werden in orientalistischer Weise beschrieben, die sehr deutlich das Bild der typischen Araber widerspiegelt, wie sie aus westlicher Perspektive imaginiert werden. Ein besonders interessanter Aspekt des Romans ist die Beschreibung einer lesbischen Liebesbeziehung zwischen zwei Ehefrauen Husseinis; außerdem spielt die Geschichte auch auf eine homoerotische Liaison zwischen zwei arabischen Männern an. Es versteht sich von selbst, dass solche Angelegenheiten selten, wenn überhaupt, im hebräischen Yishuv öffentlich verhandelt wurden – und gewiss nicht in dessen Literatur.

Der orientalistische Blick auf die arabische Welt ist auch in Rappeports zweitem Werk *Lots Frau* zu greifen, das ebenfalls in deutscher Sprache und hebräischer Übersetzung vorliegt. Es handelt sich um ein Filmskript, das den geplanten Handlungsverlauf in vierundzwanzig Bildern skizziert. Erzählt wird die Geschichte einer halbmodernen Frau, die sich in der Nähe des Berges Sodom am Toten Meer aus einer Salzsäule herauswindet. Im Skript handelt es sich um eine Beduinin, die nach ihrem Mann Lot sucht, der seit der Zerstörung der Stadt Sodom verschollen ist. Doch erscheint Lot nun als moderner jüdischer Pilot, der eine gereinigte, offensichtlich sozialistische Gesellschaft repräsentiert, die als Gegenbild zum korrupten Sodom erscheint. Eine Parallele zur *Jüdin von Cherut* besteht darin, dass Lots Frau mit einer anderen Beduinin eine intime Beziehung erlebt, die von geheimnisvollen körperlichen Berührungen geprägt ist. Als sie nach einem zeremoniellen Tanz in Ohnmacht fällt, bringen die Frauen sie in ein Zelt, waschen sie und sprechen magische Worte über sie, bis sie sich wieder besser fühlt. Das Skript ist ein knapper Entwurf im Umfang von zehn Manuskriptseiten, der, im Unterschied zur *Jüdin von Cherut*, keine ausgearbeiteten Dialoge umfasst, sondern die Themen der Gespräche und Ereignisse summarisch zusammenfasst.

Mögen Rappeports Schriften in literarischer Hinsicht auch weniger innovativ sein als die Werke anderer Autorinnen und Autoren des Yishuv, so haben sie doch einen erheblichen historischen Wert. Den kritischen Leserinnen und Lesern der heutigen Zeit mögen ihre Schriften als Ausdruck naiv-romantischer Klischees erscheinen, doch vermitteln sie den Eindruck eines genuin weiblichen zionistischen Blicks auf den Orient sowie auf die Beziehungen zwischen den palästinensischen Bauern und Beduinen einerseits und den jüdisch-europäischen Siedlern andererseits. Es ist ein sehr besonderer und berührender Blick, der die Komplexität des Lebens einer zionistischen Pionierin in einer von männlichen Erzählungen bestimmten Gesellschaft widerspiegelt.

Aus dem Englischen von Andreas Kraß

Porträt, Datum unbekannt

»Die Jüdin von Cherut« – Eine literaturgeschichtliche Einordnung

Andreas Kraß

1.

Der Roman beginnt mit einer lebensverändernden Begegnung. Die Jüdin Maria Roth aus dem fiktiven Kibbuz Cherut trifft bei Einkäufen in der nahegelegenen Stadt Beisan auf den arabischen Kaufmann Husseini, der mit Stoffen handelt. Ein kurzer Blickwechsel setzt in beiden eine unaufhaltsame Entwicklung in Gang. Maria kann nicht länger in ihrer Siedlung, Husseini nicht länger in seiner Stadt leben. Alles spricht dagegen, dass sie jemals ein Paar werden könnten, denn die Unterschiede scheinen unüberbrückbar. Maria ist Jüdin, Husseini Araber. Maria spricht Deutsch, Husseini Arabisch. Maria glaubt an die kommunistische Idee, Husseini an die islamische Tradition. Maria lebt in ihrer Gemeinschaft ein bescheidenes Leben am Rande der Armut, Husseini hat sich als Kaufmann Wohlstand und Ansehen verdient. Husseini ist mit drei Ehefrauen verheiratet, Maria im Kibbuz mit einem Mann liiert, mit dem sie ein gemeinsames Kind plant.

Maria verfolgt ein selbstbestimmtes Leben, das die freie Wahl des Partners und der Weltanschauung einschließt. Als ausgewanderte Jüdin hat sie bereits eine Welt hinter sich gelassen; nun zieht es sie nach Haifa, um dort ihr Leben der Politik zu widmen. Auch Husseini begibt sich auf einen neuen Weg, der ihn letztlich zu Maria führt. Nachdem er von einem Freund für den Kommunismus begeistert worden ist, entfremdet er sich von seiner heimischen Welt und zieht ebenfalls nach Haifa, um für die Partei zu arbeiten. Dort treffen sich die Liebenden Jahre nach ihrer ersten Begegnung wieder. Gemeinsam engagieren sie sich für die kommunistische Sache, und sie haben ein Kind miteinander, das sie gemeinsam aufziehen.

Eine Mischung aus erotischer Faszination und politischer Begeisterung führt zwei Menschen zusammen, die unterschiedlicher nicht sein könnten. So erscheint der Roman als passionierte Liebesgeschichte und politisches Märchen zugleich.

Da Maria und Husseini im Laufe des Romans erst zusammenfinden müssen, wechselt die Erzählung beständig zwischen zwei Handlungssträngen, die den beiden Hauptfiguren folgen. Ein dritter Handlungsstrang tritt hinzu, denn auch Husseinis Frau Ruchna bricht in ein neues Leben auf und avanciert zur dritten Hauptfigur. Eines Nachts sucht sie einen Garten in der Nähe des Kibbuz auf, um einen Liebesapfel zu pflücken, mit dem sie ihren Mann zurückgewinnen will. Dort trifft sie zufällig auf Maria, die Trauben für ihren Kibbuz sammelt. Nach einem kurzen Blickwechsel sind auch ihre Lebenswege miteinander verflochten. Ruchna wird ausziehen, um

Husseini ausfindig zu machen, und sie wird unterwegs ihren Lebensunterhalt als Tänzerin verdienen. So fächert sich das Geschehen immer weiter auf.

Was als Rivalität zweier Frauen um einen Mann beginnt, führt schließlich zu einer Verschwisterung, die weitere Frauen miteinschließt. Die verliebte Maria vertraut sich Tanja an, der früheren Geliebten ihres Partners Herbert. Ruchna bricht gemeinsam mit Silla auf, ihrer früheren Dienerin und Husseinis dritter Ehefrau, die sie beim Tanz mit ihrem Gesang begleiten wird. Leila, Husseinis erste Frau, liebt Ruchna so innig, dass sie ihren Abschied kaum verwinden kann. Sara, Ruchnas Tochter, macht sich auf den Weg, um ihre Mutter wiederzufinden. Die zunehmende Ausdifferenzierung der Handlungsstränge, aber auch die Verkoppelung der Figuren durch Dreieckskonstellationen bestimmen die komplexe Struktur der lakonisch erzählten Geschichte, die sich als Roman versteht, aber aufgrund ihrer prägnanten Kürze auch als Novelle verstanden werden kann, zumal sie um eine unerhörte Begebenheit kreist, nämlich die unwahrscheinliche, aber doch auf unvorhersehbare Weise zum Ziel gelangende Verbindung zwischen Maria und Husseini.

2.

Als Sarah Rappeport, geborene Gelb, im Jahr 1925 ihren ersten Roman schrieb, konnte ihr Ehemann Ernst Elijahu Rappeport bereits auf einen gewissen literarischen Erfolg zurückblicken.[24] Von 1916 bis 1920 waren zahlreiche seiner Gedichte, Erzählungen und Aufsätze in der von Martin Buber seit 1916 in Berlin und Wien herausgegebenen Monatsschrift *Der Jude* erschienen.[25] Buber verfasste auch das Geleitwort für Elijahus Gedichtsammlung *Loblieder*, die, nach ihrer Erstveröffentlichung im dritten Jahrgang von Bubers Zeitschrift, 1923 als eigenständige Ausgabe in einem Kölner Verlag erschien. Zu diesem Zeitpunkt war Elijahu schon seit einigen Jahren mit Sarah und den Kindern nach Palästina ausgewandert. Buber schreibt in seinem Geleitwort:

> Mein Freund Elijahu Rappeport, einst Mathematiker und Doktor der Philosophie, jetzt Mitglied einer Landarbeiter-Genossenschaft im Tale Jesreel (Palästina), hat diese Loblieder zumeist im Krieg geschrieben, den er als österreichischer Offizier an der galizischen Front erlebte. Ich weiß über diese Loblieder nichts anderes zu sagen, als daß sie es wirklich sind: sie sind zum Lob Gottes geschrieben. Wenn es in ihnen »Du« heißt, ist nicht eine sinnbildliche Figur, sondern der ewigseiende Empfänger unseres Wortes gemeint, und wenn es in ihnen »ich« heißt, nicht ein fiktives Dichtersubjekt, sondern der Sprecher in all seiner lebendigen Bedingtheit. Das scheidet sie von einer modernen Lyrik, die ihnen überlegen und unterlegen ist. Auch diese Spätlinge noch sind »ein gülden Kleinod Davids« [Psalm 57,1].[26]

Elijahu Rappeport war, wie Barbara Schäfer schreibt, bis zu seiner Emigration »eine Art zweiter Sohn« für Buber gewesen, der »nicht allein für Rappeports geistige Entwicklung, sondern auch für seine materielle Lebenssicherung Verantwortung übernahm«.[27] Nachdem der »feinsinnige idealistische Intellektuelle« nach Palästina emigriert war, konnte er das Leben im Kibbuz »nicht auf Dauer ertragen und fand schließlich eine Existenz als Geigenbauer« in Tel Aviv, während seine Familie im Kibbuz zurückblieb. »Mit der Veröffentlichung der Loblieder erwies Buber ihm einen letzten Freundschaftsdienst«, den Elijahu Rappeport 1928 anlässlich von Bubers fünfzigstem Geburtstag erwiderte. Das letzte Heft, eine Festschrift für Buber, enthält eine kurze Erzählung, die er bereits 1920 in Wien verfasst hatte. Es handelt sich um eine sarkastische Fabel, mit der sich der Verfasser der Loblieder selbst aufs Korn nimmt:

Als nach der Sintflut die Tiere aus der Arche gingen und nach langer Enge sich der weiten Welt freuten, stimmten sie, jedes in seiner Art, ein Loblied an. Da geschah es, daß sich der Truthahn so in Gotteseifer blähte, daß er zerplatzte. Da fragte einer der Engel voll Staunen, warum Gott den guten Willen des Tieres so übel gelohnt habe. Und Gott antwortete: Wer sich zu Gottes Ehre überbläst, dem muß recht sein, daß er zu Gottes Ehre zerspringt.[28]

Obgleich die Tiere paarweise, »je ein Männchen und ein Weibchen« (Gen 6,19), in Noahs Arche aufgenommen wurden, blendet die Fabel das Schicksal der Partnerin des zersprungenen Truthahns aus.

Im Unterschied zu Elijahu, dessen Karriere als deutschsprachiger Autor mit der Emigration endete, begann Sarah Rappeport erst nach der Auswanderung zu schreiben. Zwei deutschsprachige Werke sind überliefert: der Roman *Die Jüdin von Cherut* und die Filmskizze *Lots Frau*. Doch war ihnen kein Erfolg beschieden, denn weder wurde der Roman veröffentlicht, noch der Film gedreht. Dabei hatte sich Sarah Rappeport um die Publikation der *Jüdin von Cherut* bemüht. Sie bat den befreundeten Wiener Maler und Journalisten Arthur Stadler, das Manuskript durchzusehen und sich für die Veröffentlichung einzusetzen. Dieser Bitte kam Stadler nach, wie aus einem undatierten, in Rappeports Nachlass überlieferten Brief hervorgeht, der im Anhang des vorliegenden Bandes abgedruckt ist. Darin zeigt sich Stadler von der literarischen Qualität des Manuskripts beeindruckt (»Dein Roman ist eine große Leistung«) und teilt seiner Freundin mit, dass er bereits begonnen habe, sich für sie zu verwenden: »Aus dem, was ich einem Freund nach Berlin geschrieben habe, wirst Du beurteilen, wie ernst es mir ist.«

Stadler lektorierte das Manuskript und machte Änderungsvorschläge, die sprachliche Korrekturen, stilistische Glättungen sowie einige Streichungen und Ergänzungen zur Verbesserung des Gedanken- und Leseflusses umfassen. Vor allem aber änderte er den Namen der weiblichen Hauptfigur:

> Ich habe die Frau umgetauft. Sie heißt nicht Dora. Dora heißt man nicht mehr in Europas Literatur. Und für die willst du ja schreiben – indirekt. Dora heißt man noch bei der Eschstruht. Dora heißt jetzt Maria. Maria, wie die Dienstmädchen und Heiligen

heißen, der einfachste und schönste jüdisch-christliche Name. Maria Roth heißt sie. Gelb kann sie nicht heißen – aber Rot ist die Fahne des Kommunismus. Es war nicht angenehm, hundert Mal »Maria« ausbessern zu müssen – ich bekomme für jedes Mal einen Kuss.

Mit »der Eschstruht« ist die produktive und erfolgreiche Unterhaltungsschriftstellerin Nataly von Eschstruht (1860–1939) gemeint, die ihre Romane, Novellen, Dramen und Gedichte in rund siebzig von 1883 bis 1926 erschienenen Bänden veröffentlichte. Während die Eschstruht ihr Publikum im wilhelminischen Deutschland suchte und fand, erkennt Stadler, dass seine Freundin Sarah, wenn auch »indirekt« (da von Palästina aus), auf »Europas Literatur« ziele.

Die Änderung des Namens von »Dora Horn« zu »Maria Roth« bestätigt die autofiktionalen Bezüge des Romans. In beiden Varianten scheint der Name der Autorin deutlich genug durch, wenngleich der Akzent vom Vornamen auf den Nachnamen verschoben wird. In »Dora« klingt Sarah an, in »Roth« der Mädchenname Gelb. Zugleich lädt Stadler den Namen symbolisch auf. Der neue Vorname verweise auf die »Dienstmädchen und Heiligen« (eine Anspielung auf die Gottesmutter Maria, die sich in der christlichen Bibel als »Magd des Herrn« bezeichnet), der neue Nachname auf die Farbe der »Fahne des Kommunismus«. Indem Maria Roth als Dienerin und Heilige der kommunistischen Sache erscheint, verweist sie zugleich auf ihre Erfinderin.

3

Sarah Rappeports Bemühen um den Erfolg ihres Romans erweist sich auch im Ringen um den richtigen Titel. Der Titel der ursprünglichen Fassung, in der die Protagonistin Dora heißt, ist nicht erhalten, wohl aber das Titelblatt zu der von Stadler redigierten und von der Verfasserin offenbar nochmals überarbeiteten Version des Romans. Der maschinenschriftliche Titel lautet »Maria und Husseini«, er wurde handschriftlich abgeändert zu »Husseini und seine Frau«.[29] Die erste Variante erinnert an Titel wie *Tristan und Isolde* oder *Romeo und Julia* und verweist auf das Thema der passionierten Liebe. Doch steht in Rappeports Titel der Name der Frau an erster Stelle, denn ihre Perspektive ist es, die im Roman dominiert. Der Titel impliziert nicht nur die Liebe zwischen Maria und Husseini, sondern auch die Hindernisse, die sich mit ihrer Liaison verbinden. Tristan und Isolde scheitern an Isoldes Ehe mit König Marke, Romeo und Julia an der Feindschaft ihrer Familien. Das Problem der Liebenden in Rappeports Roman ist die kulturelle Differenz, die in den Vornamen des Paars deutlich aufscheint.

Doch ist dieser Titel zugleich irreführend, denn im Unterschied zu den vormodernen Liebespaaren endet *Die Jüdin von Cherut* nicht tragisch, sondern mit einem versöhnlichen Märchenschluss. Die Liebenden finden im Namen des Kommunismus zusammen und binden in einem Akt der Verschwisterung auch Husseinis Ehefrauen in ihre Gemeinschaft mit ein. Diesem Aspekt zollt die zweite Variante des Titels Tribut, die von »Husseini und seinen Frauen« spricht. Sie lässt allerdings Maria in der anonymen Gruppe der Frauen verschwinden und verweist sie mit einem besitzanzeigenden Fürwort auf den Mann zurück, der an die erste Stelle gerückt wird. Vielleicht wäre diese Variante publikumswirksamer gewesen, da die Anspielung auf einen Harem (»und seine Frauen«) patriarchale und orientalistische Fantasien weckt. Doch hätte dieser Titel dem feministischen Impetus des Romans arg widersprochen. Dies ist auch der Grund, warum sich die Herausgeber der vorliegenden Edition (mit Zustimmung von Rappeports Enkelinnen) für einen neuen Titel entschieden: *Die Jüdin von Cherut.* Er bezieht sich auf eine Formulierung des Romans, in der die Hauptfigur als »Jüdin aus Cherut« bezeichnet wird.[30] Der neue Titel stellt die Protagonistin in den Mittelpunkt, verweist auf ihre jüdische Identität und nennt den fiktiven Kibbuz, in dem sie lebt. Der Name Cherut, der klanglich wohl auf den realen Kibbuz En Charod anspielt, ist symbolisch aufgeladen, denn »Cherut heißt Freiheit«.[31] Er verweist auf das Ideal von »Freiheit, Gleichheit, Brüderlichkeit«, das dort gelebt – und im Laufe der Handlung um das Prinzip der Schwesterlichkeit ergänzt wird.[32]

Wie der Name der Protagonistin und der Titel des Romans liegt auch der Name der Verfasserin in mehrfacher Form vor. Denn Rappeport nennt auf dem Titelblatt nicht ihren eigentlichen Namen, sondern ein Pseudonym. In der maschinenschriftlichen Fassung nennt sie sich »Mamina« – ein Kosename, den auch Stadler in seinen Briefen als Anrede wählt. Doch strich sie diesen Namen durch und ersetzte ihn handschriftlich durch den Künstlernamen Ruth Ruben. Ruth hatte ihre verstorbene Mutter geheißen, Ruben einer ihrer Söhne, der als Kleinkind verstarb. Die Suche nach dem richtigen Namen betrifft das Selbstverständnis als literarische Autorin. Sollte sie mit ihrem bürgerlichen Namen auftreten, den auch ihr Ehemann für seine Werke verwendete? Oder sollte sie sich hinter dem Kosenamen Mamina verbergen, der auf ihre soziale Rolle im engen Freundes- und Familienkreis verwies? Oder sollte sie einen klangvollen Künstlernamen wählen, der zugleich an zwei verstorbene Familienmitglieder erinnerte? Sarah Rappeport entschied sich für die letztgenannte Option – doch in der vorliegenden Ausgabe ihres Romans soll ihr eigentlicher Name zu seinem Recht kommen.

4.

In welchen literaturgeschichtlichen Kanon ist der Roman einzuordnen? Wieder sind mehrere Optionen denkbar. Man könnte ihn neben die Erzählungen des österreichischen Schriftstellers Stefan Zweig stellen, die ebenfalls die Macht des Begehrens umkreisen *(Verwirrung der Gefühle)*. Man könnte ihn auch den Romanen des deutschen Schriftstellers Arnold Zweig beigesellen, der ebenfalls mit dem Zionismus sympathisierte, nach Palästina auswanderte

und einen Roman verfasste, der anhand eines historischen Falls den jüdisch-arabischen Konflikt themati-
siert *(De Vriendt kehrt heim)*. Man könnte ihn schließlich mit den Werken der Schriftstellerin Else
Lasker-Schüler vergleichen, die seit 1938 im Jerusale-
mer Exil lebte, wo sie 1943 ihren letzten, Erfahrungen
der Sehnsucht und Heimatlosigkeit beschwörenden
Gedichtband veröffentlichte *(Mein blaues Klavier)*.

Doch ist die Frage, ob Sarah Rappeports Roman
eher einem jüdischen, weiblichen oder migranti-
schen Kanon angehört, im Grunde müßig. Denn
einerseits erfüllt er jedes dieser Merkmale, und ist andererseits doch nicht auf sie zu reduzieren. Sarah
Rappeport ist eine Autorin jüdischer Herkunft wie
Stefan Zweig, Arnold Zweig und Else Lasker-Schüler.
Sie ist eine Schriftstellerin, die im unter britischem
Mandat stehenden Palästina in ihrer deutschen Sprache
schrieb wie Arnold Zweig und Else Lasker-Schüler –
freilich nicht als Exilantin, sondern als Zionistin, die
schon Anfang der 1920er Jahre ausgewandert war. Sie
ist eine Verfasserin, die, wie Else Lasker-Schüler, in
Palästina in der Muttersprache dichtete; doch assimilierte sie sich so erfolgreich an die neue Heimat, dass
sie mit Recht auch als Autorin der Literaturgeschichte
Israels gelten kann.

Aufschlussreicher als solche Kategorisierungen ist
die Frage nach der »sozialen Energie«, die in ihrem
Roman fließt. Dieser Ausdruck stammt von dem
amerikanischen Literaturwissenschaftler Stephen
Greenblatt, der damit gesellschaftliche Kräfte wie

»Macht, Charisma, sexuelle Erregung, kollektive Träume, Staunen, Begehren, Angst, religiöse Ehrfurcht, zufällige intensive Erlebnisse« meint.[33] Greenblatt schlägt vor, dass man die soziale Energie, die in historisch fernen Werken gespeichert ist, wieder zum Zirkulieren bringen kann, indem man sie auf jenen kulturellen Kontext zurückbezieht, in dem sie entstanden sind. Zu diesem Zweck eignet sich besonders die parallele Lektüre mit anderen kulturellen Zeugnissen, die in derselben Zeit entstanden sind.

Will man diese Methode auf Sarah Rappeports *Jüdin von Cherut* anwenden, so sind verschiedene Zugänge möglich – je nachdem, ob man vor allem auf Fragen der Politik, Religion oder Sexualität zielt. Einen ersten Ansatz bieten die Schriften ihres Ehemannes Elijahu Rappeport über das Leben im Kibbuz, einen zweiten ein Reisebericht, den der Berliner Sexualwissenschaftler Magnus Hirschfeld nach einer langen Weltreise veröffentlichte, die ihn im Frühjahr 1932 auch nach Palästina führte. Es gibt eine Verbindung zwischen diesen Ansätzen, denn Hirschfeld erwähnt in seinem Buch die Begegnung mit Elijahu Rappeport im Kibbuz Bet Alfa, wo er zweifellos auch Sarah Rappeport traf.[34]

5.

Im Jahr 1922 veröffentlichte der zionistische *Bitanya*-Bund, dessen politische und soziale Ideen das Leben im Kibbuz prägten, unter dem Titel *Kehilatenu* (Unsere Gemeinschaft) Erinnerungen an die ersten

Jahre seit der Gründung.[35] Elijahu gehörte diesem Bund nicht an, war aber wie dieser von Idealen der deutschen Jugendbewegung, Theorien der Psychoanalyse und neuen Vorstellungen über die Bedeutung des Eros für Männerbünde beeinflusst.[36] Als ein vom Bitanya-Bund anerkannter Philosoph trug er ausführliche Artikel zu diesem Erinnerungsbuch bei, die er teils mit eigenem Namen, teils mit Pseudonym unterzeichnete. In einem Beitrag schreibt er, dass er bereits vor seiner Auswanderung in Wien darüber nachgedacht habe, wie sich das Verhältnis zwischen Familie und Bund (ʿEda) gestalten sollte. Zwar seien beide Einheiten in je eigener Weise geheiligt, doch diene die Familie der Fortpflanzung und solle diese Fähigkeit nutzen, um den Bund mit Leben zu erfüllen.[37] Die Familie solle sich erweitern und zu einer Art Gemeinschaftsfamilie werden, einem übergreifenden Bund, der auf Freundschaft und gegenseitiger Verpflichtung beruhe. Eine große Verantwortung der erweiterten Familie, die sich aus monogamen Einzelfamilien zusammensetze, sei die Erziehung der nächsten Generation.

In sehr persönlichen Geständnissen legt Elijahu dar, wie er in der europäischen Diaspora daran gescheitert sei, das richtige Gleichgewicht zwischen egoistischen sexuellen Wünschen und auf gegenseitigem Respekt basierender Liebe zu finden. Als er dann das Schiff betreten habe, dass ihn von Triest nach Jaffa bringen sollte, sei er »zerbrochen, selbstgerecht und auf der Flucht« gewesen.[38] Doch habe er in seiner neuen Heimat Palästina, wo er unter körperlichen Mühen auf dem Land arbeitete, Freiheit und das Gefühl des Aufbruchs *(Aliya)* gefunden.[39] Hier habe er erkannt, dass erotische Beziehungen nicht nur Mann und Frau, sondern auch Körper und Seele vereinen sollten. In biblischer Sprache fordert er die Töchter Israels auf herbeizueilen, sich den männlichen Pionieren anzuschließen und sie in den heroischen Bemühungen zu unterstützen, neue Formen der Freundschaft und des Begehrens zu erschaffen. Liebe, so schreibt Elijahu, solle nicht nur zwischen Mann und Frau, sondern auch zwischen Männern herrschen:

> Meine Brüder in diesem Land und jenseits des Meers! Ein Ehegelübde soll uns alle vereinen. Die Einheit des Geistes, die Einheit des Geistes! Diese Einheit soll aber auch in unserem Fleisch und Blut, in unserem täglichen Leben leibhaftig werden. Eine Einheit, die sich in jenem Blut verfestigt, ein Bund, der sich in jenem Blut verfestigt, das bei der Arbeit vergossen wird.[40]

Das Lob der brüderlichen Liebe speist sich aus verschiedenen Quellen, die in romantischer Weise zusammenfließen: der platonischen Idee des zwischenmännlichen Eros, den Idealen der deutschen Jugendbewegung, wie sie von Gustav Wyneken und Siegfried Bernfeld entwickelt wurden, und den philosophischen Lehren Martin Bubers, Hans Blühers und vielleicht auch Otto Weiningers.

Elijahus Vorstellung von der Familie blieb gleichwohl eher konservativ. In einem anderen Beitrag zu besagtem Sammelband insistiert er darauf, dass die Frau bis zur Hochzeit Jungfrau und nach der Hochzeit vor allem Mutter sein solle.[41] Er räumt ein, dass das neue Gemeinschaftsleben im Kibbuz durchaus Gefahr laufe, dass die Männer die Frauen eher als Schwestern denn als potentielle Ehefrauen ansähen.[42]

Wie aus vergleichender Lektüre hervorgeht, stellte sich Sarah Rappeport in ihrem Roman ganz ähnliche Fragen. Auch sie behandelt das Verhältnis zwischen individuellem und kollektivem Wohl, zwischen Liebe und Ehe, Sexualität und Fortpflanzung, Familie und Kibbuz. Doch setzt sie eigene Akzente und gelangt zu anderen Schlussfolgerungen. Der Losung »Freiheit, Gleichheit, Brüderlichkeit« stellt sie das Ideal der Schwesterlichkeit zur Seite. In der Verschwisterung liege das Heil, so legt der utopische Schluss des Romans nahe, denn mehr noch als die Verbrüderung vermöge sie kulturelle Grenzen zu überwinden und hetero- wie homosexuelle, monogame wie polygame Bindungen in die übergeordnete Gemeinschaft zu integrieren.

6.

Sarah Rappeports *Die Jüdin von Cherut* und Magnus Hirschfelds *Die Weltreise eines Sexualforschers* sind in Gattung und Schreibweise sehr verschieden: auf der einen Seite der lakonisch erzählte Roman, auf der anderen der weitschweifige Reisebericht. Was beide Schriften dennoch verbindet, ist die dichte Beschreibung der sozialen, politischen und kulturellen Verhältnisse im Kibbuz und dessen Umfeld. Rappeport lässt persönliche Erfahrungen in ihren autofiktionalen Roman einfließen, Hirschfeld verschränkt in seinem autobiographischen Bericht wissenschaftliche Genauigkeit mit literarischer Ambition.

Hirschfeld widmet seinem Besuch in den Siedlungen von Bet Alfa und En Charod vier Kapitel. In Kapitel 125 (»Im Emektal«) äußert er sich über die wirtschaftliche Organisation und politische Weltanschauung, die in den Gemeinschaften (Kwuzoth) herrscht:

> Die Kwuzoth, von denen ich Ain Charod [En Charod] und vor allem Beth Alfa studierte, werden vielfach als kommunistische Siedlungen bezeichnet. Die Siedler selbst wehren sich gegen diese Bezeichnung und wünschen lieber den Beinamen »kommunale« oder »kollektive« Siedlungen zu führen [ ]. Zweifellos ist die Kwuzah ein Experiment von hohem Werte, selbst wenn man in Betracht zieht, daß es sich nur um eine verhältnismäßig geringe Anzahl von Menschen handelt, die hier den ernstlichen und, wie wir jetzt schon sagen dürfen, im wesentlichen gelungenen Versuch einer neuen Wirtschaftsordnung unternommen haben, nämlich den, in eine und aus einer gemeinsamen Kasse zu wirtschaften.[43]

Derselbe Gemeinschaftsgedanke spielt auch in Rappeports Roman eine zentrale Rolle, denn »Cherut ist eine kommunistische Arbeitersiedlung«.[44]

In Kapitel 126 (»Gemeinschaftskinder«) beschreibt Hirschfeld die pädagogischen Vorstellungen und Einrichtungen der besuchten Siedlungen:

> Im Mittelpunkt jeder Kwuzah steht das Kinderhaus, gewöhnlich das größte und schönste der ganzen Siedlung; einer der Ansiedler sagte mir: »Erst kommen unsere Kinder, dann unser Land, dann wir.« Dieser Satz zeigt, daß es nicht ein vermindertes Verantwortungsgefühl oder gar ein geringerer Grad von Mutterliebe oder väterlicher Zuneigung ist, wenn die Eltern ihre Kinder nicht bei sich zu Hause, sondern im Kinderheim wohnen lassen. In mancher Kolonie, wie Beth Alfa, schlafen die Kinder auch nachts im Kinderhaus, in Ain Charod und anderen holen viele Eltern die kleinen Kinder über Nacht nach Hause.[45]

Auch dies ist ein Thema in Rappeports Roman, denn die Protagonistin, die zunächst das Ideal der »Gemeinschaftskinder« teilt, erlebt später ihre eigene Mutterschaft jenseits des Kibbuz in Form einer in Haifa lebenden Kleinfamilie.

In Kapitel 127 (»Die freie Ehe«) geht Hirschfeld auf das Verhältnis von Liebe, Ehe und Sexualität ein, das ihn als Sexualwissenschaftler besonders interessiert. Im liberalen Ehemodell der Siedlungen sieht Hirschfeld einen willkommenen Gegenentwurf zur traditionellen Ehemoral der westlichen Welt:

> Wenn zwei Kolonisten in einer Kwuzah eine Ehe miteinander eingehen wollen, so drückt sich dies vor allem darin aus, daß sie eine gemeinsame

Wohnung nehmen und, um dieses Zusammen-
ziehen zu erwirken, die erforderlichen Schritte bei
der Verwaltung der Siedlung tun. Von da ab gelten
beide als ein Paar, als Mann und Frau, und werden
als solche von ihren Kameraden angesehen, beglück-
wünscht und gefeiert. [...] Infolgedessen liegen
auch die Gründe einer ehelichen Verbindung mehr
auf dem Gebiet rein erotisch-biologischer Anzie-
hung, echter gegenseitiger Zuneigung, als in den
äußeren Motiven einer »guten Partie«. Die Ehe ist
von dem Wunsche und der Überzeugung getragen,
daß der eine zum andern paßt, daß man sich gut
miteinander versteht und das Zusammenleben ein
harmonisches, seelisch befriedigendes, glückliches
sein wird. Aus dieser Grundlage ergibt sich, daß das
geknüpfte Eheband im allgemeinen von Dauer ist,
da diese Voraussetzungen vorzuhalten pflegen, und
Scheidungen trotz erleichterter Möglichkeiten seltener, keinesfalls häufiger sind als unter dem gewöhnlichen Eheregime.[46]

Hirschfeld stellt klar, dass trotz solcher Freizügigkeit
monogame Beziehungen im Kibbuz selbstverständlich seien, und dass dies umso bemerkenswerter sei,
»als die Gesetzbücher des Landes die Mehrehe keineswegs verbieten, die nicht nur unter den Moham-
medanern vorkommt«.[47] Auch in Rappeports Roman
treffen zwei Kulturen aufeinander, wenn sich die
seriell monogame Maria und der polygame Husseini
ineinander verlieben und ihre hergebrachten Vorstellungen in Frage stellen müssen:

In Kapitel 128 (»Beth Alfa«) bringt Hirschfeld diese Vorstellungen auf den Punkt: »Kinder sind Sache der Gemeinschaft, Ehe ist Privatangelegenheit«.[48] Außerdem beschreibt er die ökonomischen Regeln, auf denen das Zusammenleben in den Siedlungen beruht:

> Geld war den meisten, namentlich den jüngeren in der Kolonie, ein ganz ungewohnter Anblick. Alle Lebensnotwendigkeiten und Gewohnheiten, wie Essen, Trinken, Wohnen, Kleiden, Baden, Rauchen, wurden als Ertrag der Gemeinschaftsarbeit aus der Gemeinschaftskasse gewährt. Aus deren Überschüssen wurden neue Wohn- und Wirtschaftsbauten, neue Maschinen und andere Produktionsmittel zu allgemeiner Freude gewonnen und beschafft. Alles dies wickelte sich erstaunlich einfach an.

Diese Beschreibung spiegelt die Verhältnisse in der fiktiven Siedlung Cherut, in der Maria Roth, die Protagonistin von Rappeports Roman, das Amt der Wirtschafterin ausübt.

In der *Jüdin von Cherut* kommt ein weiteres Motiv zur Sprache, das im Reisebericht des Sexualwissenschaftlers fehlt, obwohl dieser bereits 1914 eine monumentale Studie zur männlichen und weiblichen Homosexualität veröffentlicht hatte.[49] Gemeint ist das Thema gleichgeschlechtlichen Begehrens, das Rappeport in orientalisierender Brechung zur Sprache bringt. Von homosexuellen Beziehungen im Kibbuz ist keine Rede, stattdessen werden sie auf die arabische Welt projiziert. Über die arabischen Mütter und Tanten heißt es, dass sie die für ihre Söhne und Neffen ausgewählten Bräute vorab »mit einer fast lesbischen Gründlichkeit« untersuchen.[50] Zeitweise wird vermutet, dass Husseini und sein Freund Selim ein Liebesverhältnis unterhalten: »Liebe zwischen Männern ist im Morgenland nichts, was man verbirgt – nichts, wessen man sich schämt«.[51] Für Leila, Husseinis erste Ehefrau, ist Ruchna, Husseinis zweite Ehefrau, keine Rivalin, sondern eine »süße Geliebte«, nach der sie sich verzehrt.[52] Auch für die Kulturgeschichte der Sexualität ist Rappeports Roman somit ein beredtes Zeugnis.

»Die Jüdin von Cherut«
in ihrem historischen Kontext

Moshe Sluhovsky

Sarah Rappeports Roman fiktionalisiert einige drängende und aktuelle Probleme historischer, politischer und sozialer Art, die den linken Zionismus der 1920er Jahre betreffen. Von den jüdisch-arabischen Beziehungen in Palästina bis hin zur Herausforderung der bürgerlichen Moral und bürgerlichen Familie, von der Spannung zwischen persönlichem Begehren und kommunistischer Verpflichtung bis hin zu den Grenzen weiblicher Handlungsmacht agieren die Figuren Probleme aus, die nicht nur die Kibbuz-Bewegung prägten, sondern auch Galiläa und Haifa, jene Orte, an denen der Roman spielt. Deshalb ist es verlockend, *Die Jüdin von Cherut* als historischen Roman zu betrachten. Im Folgenden lege ich die geschichtlichen Zusammenhänge dar, die sehr wahrscheinlich Sarah Rappeports schöpferische Einbildungskraft beeinflussten. Ich spreche erstens die Rollen an, die Sarah und Elijahu Rappeport in ihrem Kibbuz Bet Alfa einnahmen, zweitens die Interaktion zwischen Juden und Arabern in Galiläa und in der Kommunistischen Partei von Palästina, und drittens die Diskussion über die freie Liebe und die Rolle der Frauen im linken Zionismus. Diese drei Themen prägen den gesamten Roman, wie sie das Leben der Autorin prägten.

Zwischen Cherut und Bet Alfa

Marias/Doras Kibbuz Cherut liegt irgendwo im östlichen Teil der Ebene, die heute als Jesreel-Ebene bekannt ist und zu jener Zeit unter ihrem arabischen Namen Marj Ibn 'Amer bekannt war. 1921 kaufte der zionistische *Jüdische Nationalfonds* dieses Land von der Sursok (Sursuq)-Familie aus Beirut, und es wurden darauf sieben jüdische landwirtschaftliche Siedlungen errichtet, größtenteils Kibbuzim. Darunter war das allererste Kibbuz En Charod (1921) sowie das Kibbuz Bet Alfa (1922). Cherut ist ein kommunistischer Kibbuz, Bet Alfa hingegen war sozialistisch; und doch ist es ziemlich offensichtlich, dass Sarah Rappeport ihr eigenes Leben in Bet Alfa in ihrem Porträt von Cherut fiktionalisierte.

Die *Hashomer Hatzair-Bewegung*, deren Mitglieder Bet Alfa errichteten, war noch nicht dem radikalen Sozialismus verpflichtet, der sie nach 1925 und bis in die 1950er Jahre bestimmen sollte. Es war eher eine Mischung sozialistischer Ideen mit zentraleuropäischen kulturellen Trends, darunter vor allem dem Jugendkult, wie er von Gustav Wyneken entwickelt wurde, und der (männlichen) Kameraderie in der Tradition Hans Blühers und des Deutschen Männerbunds.[53] Im Kibbuz Alef (der bald Bet Alfa werden sollte) schlossen sich der *Hashomer Hatzair*-Bewegung Mitglieder des *Gdud Ha'Avoda* (Arbeitsbataillon) an, einer radikalsozialistischen Bewegung, die in den 1920er Jahren von russischen Einwandern gegründet worden war. Das Ziel dieser Einwanderer war die Schaffung einer jüdischen revolutionären Avantgarde in Palästina, die in Angelegenheiten der Arbeit, Siedlung und Verteidigung selbstverantwortlich und außerdem fähig war, den gesamten Yishuv zu führen.[54] Andere Personen, die kürzlich eingewandert waren, schlossen sich ebenfalls an. »Das Land war dürr, arm und unfruchtbar. Die Umgebung war unkultiviert – eine Wildnis ohne Baum oder Schatten, und nachts heulten die Schakale.«[55]

Elijahu Rappeport, der 1919 in Palästina eintraf, war ein Gründungsmitglied des *Gdud Ha'Avoda*, während seine Frau Sarah und ihre drei Söhne zunächst in Wien geblieben waren, bis auch sie 1920 in Tel Aviv ankamen. Elijahu war, wie schon angedeutet wurde, ein Intellektueller, der den zionistischen Zirkeln Siegfried Bernfelds und Martin Bubers nahestand, »eine Kombination aus einem Philosophen, Dichter, Autor und Mathematiker, der auch ein Bohemien war, der nachts in seinem Zelt arbeitete und dabei unzählige Tassen schwarzen Kaffee trank und endlos rauchte.«[56] Sarah folgte Elijahu 1922 in den Kibbuz. Elijahu arbeitete dort als Schuhmacher, aber weil er in dem sehr kurzlebigen *Kinderheim Baumgarten* gearbeitet hatte, einem Waisenhaus in Wien, nahm er eine führende Rolle bei der Entwicklung und Einführung einer neuen Erziehungsmethode im Kibbuz ein.

Elijahu formte seine Vorstellungen des Kinderhauses *(Beit Ha'Yeladim)* und der Kindergesellschaft

(Hevrat Ha'Yeladim) anhand von drei verwandten Reformbewegungen aus Zentraleuropa. Darunter war diejenige des kontroversen Erziehers und Reformers Gustav Wyneken (1875–1964) am prominentesten. Wyneken propagierte die Idee der Jugendkultur, dergemäß Erwachsene es möglichst vermeiden sollten, in die Gruppendynamik der Jugendlichen einzuschreiten. Stattdessen sollten ältere Jugendliche als *primus inter pares* die Jüngeren anleiten. Eine zweite Quelle des Einflusses auf Elijahu war die *Freie Schulgemeinde*, die die Koedukation von Jungen und Mädchen propagierte. Beide Trends wurden in Europa von dem Wiener Psychoanalytiker Siegfried Bernfeld (1892–1953) weiterentwickelt. Bernfeld wurde vom *Zionistischen Zentralrat für West-Österreich* beauftragt, die Betreuung von mehr als 100.000 jüdischen Geflüchteten zu übernehmen, die während des Ersten Weltkriegs von Galizien nach Wien entkommen waren. Unter seinen Initiativen war die Gründung des Kinderheims Baumgarten. Bernfeld, der damals auch als Martin Bubers persönlicher Sekretär und in der Redaktion von dessen Zeitschrift *Der Jude* arbeitete, setzte einige von Wynekens Ideen in einem jüdischen, Buberianischen Kontext um.[57] Elijahus Kindergesellschaft fügte diesen deutschen und Wiener Reformideen die Komponente hinzu, die Kinder und Jugendlichen verbindlich an den Pflichten der manuellen Arbeit im Kibbuz zu beteiligen. Im Jahr 1924 hatte der Kibbuz fünfzehn Kinder, darunter die drei Söhne der Rappeports. Sarah arbeitete im

Kinderhaus, das auch die Kinder anderer Kibbuzim der Umgebung versorgte. Doch wegen Meinungsverschiedenheiten über das richtige Gleichgewicht zwischen Handarbeit und Lernpflicht gab Elijahu seine Mitwirkung als Erzieher leider schon bald auf.

Maria/Dora bezieht sich im Roman vielfach auf die Debatten über die rechte Art der Kindererziehung im Kibbuz. Ihre Sorge gilt weniger den Jugendlichen als den Kleinkindern. Wem gehören sie? Wem sollten sie gehören? Ihren Eltern oder der Gemeinschaft? Es ist Maria/Dora klar, dass eher Betreuerinnen und Betreuer als die Eltern die Kinder erziehen sollten. Eltern seien egoistisch und wollten das Beste für ihre eigenen, biologischen Kinder und säten so im Kibbuz Spannungen und Wettbewerb. Tatsächlich geht Maria/Dora noch einen Schritt weiter: Familien als solche seien abzuschaffen (ein Punkt, auf den ich gleich zurückkommen werde). Die Befreiung der Kinder von der elterlichen Kontrolle werde auch die Befreiung der Frauen ermöglichen, behauptet sie außerdem. Zugleich ist sich Maria/Dora der Gefühlsbindungen zwischen Müttern und Kindern bewusst. Aber hier und an weiteren Stellen des Romans gelten Gefühle als Feind der Vernunft und somit auch des Gemeinwohls von Cherut (dessen Name ›Freiheit‹ bedeutet).

Maria/Dora ist sehr stolz darauf, dass die Mitglieder von Cherut im Kinderhaus einen neuen Rahmen für die Erziehung der Kinder erfinden. So wichtig diese Angelegenheit auch ist, tut Maria/Dora die

Debatte über die richtige Art der Kindererziehung gleichwohl als relativ unbedeutend ab im Vergleich mit zwei wichtigeren Debatten, die den Roman prägen. Beide spiegeln wiederum konkrete Entwicklungen in den Kibbuzim der Jesreel-Ebene in den frühen 1920er Jahren. Die eine zielte auf die Frage, wie sich der zionistische Nationalismus mit dem Bekenntnis zum Internationalismus vereinbaren lässt; die andere darauf, ob man sich der Dritten (Kommunistischen) Internationale anschließen sollte.

Araber, Juden und Kommunisten

Anders als der Eindruck, den *Die Jüdin von Cherut* erweckt, gab es, wenn überhaupt, nur sehr geringen Kontakt zwischen den Kibbuzim in der Jesreel-Ebene und der arabischen Kleinstadt Beisan (Bethschan, das antike Scythopolis) oder palästinensischen Arabern im Allgemeinen. Beisan liegt wenige Kilometer östlich des fiktionalisierten Kibbuz Cherut (und acht Kilomenter von Bet Alfa entfernt). Im neunzehnten Jahrhundert war Beisan ein kleines Dorf, das von lokalen halbsesshaften Beduinenstämmen bewohnt wurde. Gegen Ende des Jahrhunderts begann die Ottomanische Regierung, dieser Gegend ihre Herrschaft aufzuerlegen, und das Dorf wurde zu einem Verwaltungszentrum, das am Vorabend des Ersten Weltkriegs mehr als 1.000 Einwohner zählte. Die Errichtung einer Eisenbahnlinie im Jahr 1905, die den Hafen von Haifa mit Dara'a (im Süden Syriens),

Hedschas und Damaskus verband, sowie anschlie-
ßend der Bau von Straßen und einer neuen Brücke
über den Jordan trugen dazu bei, dass Beisan bis 1917
zu einer Kleinstadt anwuchs. Im September 1918
wurde Beisan von den Briten besetzt, und in den frühen 1920er Jahren entwickelte sich die Stadt zu einem
Verwaltungszentrum, das eine Polizeistation, ein
Postamt, ein örtliches Gericht, eine medizinische
Klinik und eine Schule umfasste. Die Bevölkerung
bestand zum weitaus größten Teil aus Muslimen
meist beduinischer und kurdischer Herkunft, doch
lebten dort auch kleine christliche und jüdische
Gemeinschaften, die Arabisch sprachen. Die Juden
von Beisan waren orthodox, zum größtenteil kurdischer Abstammung (Maria/Dora bezeichnet sie als
jemenitisch). Die Siedler der kürzlich gegründeten
Kibbuzim waren säkular, sozialistisch und europä-
isch; somit gab es sehr wenige Gemeinsamkeiten
zwischen den Gruppen.⁵⁸

Und doch ist Maria/Dora mit dem Leben in der
arabischen Stadt durchaus vertraut. Während die historischen Dokumente nicht viel Kontakt zwischen
den Gemeinschaften bezeugen, wirft der Roman
Licht auf eine gewisse wirtschaftliche Aktivität. Interessanterweise wird Maria/Dora bei ihrem Besuch
im Markt von Beisan von einem deutschen Mittels-
mann unterstützt, der Arabisch (und wahrscheinlich
Deutsch und/oder Hebräisch) spricht und sowohl
mit den jungen Zionisten als auch mit den arabischen
Händlern im Kontakt steht. Es ist nicht klar, ob er

jüdisch oder christlich ist, vielleicht gehört er den Templern an, deutschen millenaristischen Pietisten, die seit 1869 in Palästina landwirtschaftliche Gemeinschaften gründeten und einen Beitrag zur landwirtschaftlichen Modernisierung sowohl der Araber als auch der Juden leisteten.[59]

Die Präsenz der Araber im Roman ist komplex. Der Araber erscheint als Feind; aber anders als im größten Teil der zionistischen Literatur jener Zeit ist er (und es ist fast immer ein Er) kein nationaler Feind. Vielmehr belächelt Maria/Dora die zionistisch-nationalistische Konstruktion des Arabers als eines nationalen Gegners. Stattdessen wird »der Araber« als Klassenfeind repräsentiert. Zugegebenerweise symbolisiert der Araber wie in den meisten orientalistischen Romanen des neunzehnten und zwanzigsten Jahrhunderts Polygamie, unkontrollierte Sexualität, männliche und weibliche Prostitution und primitiven Aberglauben; doch sind dies lediglich vorübergehende historische und kulturelle Hindernisse, die später seitens der kommunistischen Bildungsbemühungen in den Mülleimer der Geschichte entsorgt wurden.

Der Kern des Romans ist natürlich die Liebesgeschichte zwischen einer jüdischen Pionierin aus Europa und einem arabischen Händler. Solche Beziehungen waren zu jener Zeit nicht sehr wahrscheinlich (sie wurden erst in den 1930er Jahren bei den Kommunisten üblich). Wie Maria/Dora waren die wenigen jüdischen Frauen, die Beziehungen mit arabischen Männern knüpften, fast allesamt Mitglieder

der kommunistischen Partei. Man kann die These aufstellen, dass sich die Geschichte der *Kommunistischen Partei Palästinas* (PKP) und die Geschichte der sexuellen und emotionalen Partnerschaften zwischen Juden und Arabern in Palästina überlappen. Die erste Gruppe, die man als kommunistisch identifizieren kann, wurde 1919 infolge einer Spaltung in der zionistischen radikalen Arbeiterbewegung *Ahdut Ha'Avoda* (»Einheit der Arbeit«) gegründet. Die Splittergruppe – sie zählte nicht mehr als hundert Mitglieder, alles junge Männer und, bis auf einige, die erst kürzlich eingewandert waren, aus Russland – verbrachte die ersten zwei Jahre mit beständigen Debatten über ihr Verhältnis zur Kommunistischen Internationalen, zur europäischen *Ahdut Ha'Avoda*, zum linken Zionismus in Palästina und zur hebräischen Sprache. 1921 nahm die Gruppe den Namen *Kommunistische Partei Palästinas* an (und zwar eher auf Deutsch und Jiddisch als auf Hebräisch, Arabisch oder Englisch, der Amtssprache des Mandatsgebiets Palästina, denn Deutsch war die Sprache der Komintern und Jiddisch wurde zum antizionistischen Zeichen). Erst 1922 und aufgrund direkter Anweisung seitens der Komintern, zu der die Gruppe zugelassen werden wollte, begann die junge kommunistische Gruppe in Palästina, Araber zu rekrutieren (keine leichte Aufgabe für eine Jiddisch sprechende Partei). Sie konzentrierte ihre Bemühungen auf Haifa, wo schon 1919 eine mächtige Gewerkschaft für jüdische und arabische Arbeiter gegründet worden war, die bei der Eisenbahn, Post und Fernmeldediensten beschäftigt waren. Ebenfalls in Haifa erschien 1924 die erste Veröffentlichung der Kommunistischen Partei in arabischer Sprache unter dem Titel *Haifa – Majallat al-'Amal* (»Haifa – ein Magazin für Arbeiter«). Im darauffolgenden Jahr wurde die kommunistische Jugendorganisation gegründet, wiederum in Haifa.[60] Haifa war also in jenem Moment, als Maria/Dora und Husseini dorthin zogen, die Brutstätte kommunistischer Aktivitäten. In der Tat bezieht sich Maria/Dora im Roman ausdrücklich auf die Erregung, die in der Partei ausbrach, als ein Araber eintrat.

In ihren fiktionalisierten Aktivitäten charakterisiert Maria/Dora die Kämpfe der jungen Partei im Allgemeinen und ihrer jüdischen Mitglieder im Besonderen. Die Anordnung der Komintern, die Partei zu ›arabisieren‹, zwang die jüdischen Mitglieder, darüber nachzudenken, ob sie als jüdische Einwanderer, die erst kürzlich nach Palästina gekommen waren, überhaupt in den Osten gehörten. Viele entschieden, dass Abwanderung die moralisch gebotene Lösung sei, und kehrten nach Osteuropa zurück. Tatsächlich verließen viele Mitglieder Tel Josef (Kana im Roman?), einen Kibbuz nahe Bet Alfa, und gründeten einen hebräischsprachigen Kibbuz auf der Krim, nur um dann nacheinander in Stalins politischen Säuberungen und Hitlers Holocaust ermordet zu werden. Andere jüdische Mitglieder der Partei, die sich entschieden, in Palästina zu bleiben, nahmen sich der Aufgabe an, die arabischen Mitglieder im Kommunismus zu unterrichten, eine Mission, die Maria/ Dora und andere Frauen in der Darstellung des Romans ebenfalls in Betracht ziehen oder tatsächlich erfüllen. Maria/Dora lernt Arabisch und nennt ihren Sohn Ismael nach der biblischen Gestalt, die angeblich Stammvater aller arabischen Völker war. Auch in ihrer Partnerschaft verkörpern Maria/Dora und Husseini das kommunistische Ideal eines Bundes, der sexuell, intellektuell und ideologisch zugleich ist. »Husseini und Maria«, berichtet uns der allwissende Erzähler, »haben ihre Leidenschaft in ihre gemeinsame Stellung zum Leben und zur Partei gerettet.«[61]

Liebe, Begehren und die Pflichten der Frauen

Ein auffälliges Merkmal des Romans ist die Diskussion über sexuelles Begehren, freie Liebe und nichtmonogame (und nicht ausschließlich heterosexuelle) Beziehungen. In der Tat ist dies das erste Mal, dass der Ausdruck ›lesbisch‹ jemals in einem in Palästina geschriebenen literarischen Werk benutzt wird. Sarah Rappeport selbst war, wie schon angedeutet wurde, mit Lou Andreas-Salomé befreundet und könnte von dieser berühmten Fürsprecherin offener emotionaler und sexueller Beziehungen beeinflusst worden sein. Es ist aber ebenso möglich, dass sie als Kommunistin mit den Schriften von Alexandra Kollontai (1872–1952) vertraut war. Die marxistische Revolutionärin, die Lenin in der ersten bolschewistischen Regierung

(1917) zur Volkskommissarin für soziale Fürsorge ernannt hatte, verfasste zwei Publikationen, die überaus einflussreich sowohl bei den Kommunisten als auch bei den Hashomer Hatzair-Mitgliedern in Europa und Palästina waren. Ihr Buch *Die neue Moral und die Arbeiterklasse* wurde 1920 ins Deutsche übersetzt und ihr wegweisender Aufsatz *Geflügelter Eros* 1923 veröffentlicht. In beiden Schriften verurteilte Kollontai dauerhafte und zwangsmäßige monogame Beziehungen und definierte zwei Arten der Liebe: die flügellose und die geflügelte. Unter den Bedingungen des Kapitalismus und den Realitäten des russischen Bürgerkriegs hätten die ökonomischen Notwendigkeiten dem Eros die Flügel gestutzt. Der Eros sei rein sexuell und biologisch geworden. Aber der biologische Sexualtrieb des flügellosen Eros werde im Kommunismus bereits durch »Liebes-Kameradschaft« ersetzt. Dieser geflügelte Eros fliege dank der Geschlechtergleichheit und der Solidarität hoch. Er habe weder das Bedürfnis nach ehelichen Formalitäten, noch kenne er die Vorstellung exklusiven Besitzanspruchs. Liebe im Kommunismus bedeute gegenseitige Unterstützung und dauernde Aufmerksamkeit gegenüber den Bedürfnissen anderer. Diese Liebe sei nicht länger eine Privatangelegenheit, sondern strahle aus und steigere das Glück der Menschen.

Geflügelter Eros ist in Rappeports Roman allgegenwärtig. Zwei Männer, die ihrerseits sehr starke emotionale Bindungen eingegangen sind, lieben Maria/Dora. Es ist wichtig zu betonen, dass dieses

Liebesdreieck nicht platonisch ist; Maria hat mit beiden Männern geschlafen. Sie teilte ihr Bett mit Herbert, dann mit Husseini, ohne jegliche formelle Hochzeit (und die Erzählerin erwähnt, dass es in Marias/Doras Vergangenheit einen weiteren Geliebten gegeben habe). Es gibt »weder Ehe noch Treue«, berichtet die Erzählerin stolz.[62] Aber Sex ist in Cherut keine bloß mechanische, biologische Tätigkeit. Obwohl Cherut mit verborgenen sexuellen Energien erfüllt ist, praktizieren die Mitglieder freie Liebe nur im Rahmen gefühlsmäßig verbindlicher Beziehungen mit anderen Mitgliedern. Die »[n]eue alte Erde« der zionistisch-sozialistischen Utopie in der Jesreel-Ebene hat »neue alte Sitten« hervorgebracht, wie es im Roman heißt – eine deutliche Anspielung natürlich auf *Altneuland*, den 1902 erschienenen Roman Theodor Herzls über das Leben im utopischen jüdischen Staat.[63]

Interessanterweise brachte auch Elijahu in *Kehilatenu*, den gesammelten Bekenntnissen und Gedanken des radikalen Flügels der *Hashomer Hatzair*-Bewegung, das Thema Liebe und Begehren im Kibbuz zur Sprache. In einem sehr langen Brief, der nominell an Martin Buber gerichtet ist, aber tatsächlich eine Darstellung des Lebensalltags im Kibbuz Alef mit seinen Routinen, Dramen und Hoffnungen enthält, beschreibt Elijahu eine dramatische Episode, die sich im Steinbruch abspielt, wo die Mitglieder Steine für den Straßenbau hauen. Die Arbeit wird paarweise verrichtet; darunter befinden sich zwei Männer, die dieselbe junge Frau lieben und oft zu gemeinsamer Arbeit verpflichtet werden. Die junge Frau liebt den einen mehr als den anderen, aber der weniger geliebte Freund weiß besser, wie man sie an sich zieht. So verliebt sie sich in den zweiten, bevor sie zum ersten zurückkehrt. Und doch setzen die beiden Männer tagein, tagaus ihre gemeinsame Arbeit fort; sie sind einander zugetan und wünschen sich zugleich die Trennung voneinander. Und mit jedem Heben und Senken des Hammers kommt ihnen der Gedanke, dass der Hammer eigentlich nicht allzuweit vom Schädel des Kollegen entfernt sei ...[64]

Elijahu rief also ein tatsächliches Drama auf, das Sarah in ihren Roman einfügte. Sie erfand auch andere unorthodoxe und nicht-monogame Affären, die beispielsweise die Beziehungen zwischen Husseinis Ehefrauen, die erotisch aufgeladene Begegnung zwischen Maria/Dora und Ruchna im Weingarten, Husseini und einige junge Männer in Damaskus sowie Husseini und Selim betreffen.

Die Bedeutung des Eros für einen Gemeinschaftsbund war für Elijahu ebenfalls ein Thema. Es ist daher nicht unwichtig, dass er seinen Beitrag zu dem erwähnten Sammelband zu derselben Zeit schrieb, als Sarah an ihrem Roman arbeitete. Beide erdachten und entwarfen versuchsweise neue Formen des gemeinschaftlichen Lebens, die jene Exklusivität, die die Gegenwart des Eros fordert, überwinden. Beide imaginierten Utopien. Sowohl in seinen Überlegungen wie auch in ihrem Roman werden neue soziale

Beziehungen der Gegenseitigkeit und Verbindlichkeit fantasiert, und beide malen sich neue Intimitäten, Kooperationen und Formen der Liebe aus. Am Ende bleibt Elijahu jedoch der Monogamie und dem Patriarchat verbunden. Für ihn ist die Ehe das Fundament, das andere Beziehungsformen ermöglicht, darunter die bedeutende Verbindung, die zwischen dem (männlichen) Arbeiter und dem Boden besteht. Es sind demnach die monogamen Beziehungen zwischen Mann und Frau, die ehelich miteinander verbunden sind, und die Gegenwart der Frau und Mutter, die Männer befruchten und befähigen, dass sie ihrerseits das Land fruchtbar machen. Der Geschlechtsakt zwischen Mann und Frau ist in seinen Schriften mehr als Fleischlichkeit, es ist ein kosmisches Ereignis, »eine göttliche Einheit«, wie er es nennt.[65] Sarah Rappeports Maria/Dora ist das Gegenteil. Obwohl in ihrer Beziehung zu Husseini kommunistische Kameradschaft ein entscheidendes Element und ihr Bund ideologisch und geistig geprägt ist, sind Sexualität und sexuelles Begehren für ihren Bund ebenso wichtig wie Ideen und Vorstellungen.

Und doch muss Maria/Dora Husseinis Frauen und Kinder in ihr Leben aufnehmen und nicht Husseini Herbert in seines. Außerdem ist Maria/Dora kurz vor ihrem Abschied vom Kibbuz mit Kochen und Spülen und der Besorgung der Vorratskammer beschäftigt. Anders gesagt scheitert die Revolution hinsichtlich der Neugestaltung der Geschlechterrollen. 1926 schrieb Szulamith Gutgeld, ein weiteres Mitglied der *Hashomer Hatzair*-Bewegung, ein Pamphlet, das sie an die weiblichen Mitglieder der Bewegung, die noch in Europa lebten, richtete, um sie auf diese traurige Realität vorzubereiten.[66] Nur in der Fantasie, warnte sie, arbeiteten Frauen und Männer Seite an Seite in denselben Berufen. In Wahrheit hätten die körperlichen Herausforderungen die Frauen in den frühen Jahren in ihre traditionellen Rollen als Köchinnen, Pflegerinnen und Mütter zurückgedrängt. Die junge Pionierin müsse sich dieser Wirklichkeit bewusst sein. Aber es sei nicht nur die Schuld der harschen Lebensrealität in Palästina: »Es ist schwer, eine Frau zu finden, deren Geist ausreichend begabt und mit Grundwerten ausgestattet ist, dass sie sich dem Schreiben, Organisieren und Führen widmen kann.«[67] Erotische Verbindungen und Fantasien nähmen zuviel von der Zeit einer Frau in Anspruch. Daher sollten sich Frauen sogar im Kibbuz der Kindererziehung, der Arbeit in Gemeinschaftsküche, Waschküche und Kinderhaus sowie der Kultivierung eines kleinen Gemüsegartens und einer Pflanzenschule widmen.

Wie anders verlief Marias/Doras Leben im Vergleich mit Gutgelds Anpassung an die Realitäten. Sie floh nicht nur von ihrem bedrückenden osteuropäischen Elternhaus nach Cherut, sondern auch von den bürgerlichen Normen der Sexualität und Ehe in die Liebe zweier Männer im Kibbuz und eines dritten Mannes, eines Arabers zumal, in Haifa. Leider führten all diese Taten nicht zur Freiheit (Cherut). Die

Flucht in den Kibbuz befreite sie nicht von den vornehmlich einer Frau zugeschriebenen Pflichten als Mutter, Köchin und Pflegerin. Doch eröffnete die Flucht vor dem nationalen Konflikt zwischen Juden und Arabern in der Tat neue Möglichkeiten. Wiederum war es eher Maria/Dora als Husseini, die den Preis dafür zahlen musste. Sie war am Ende wieder diejenige, die einen Haushalt führte, der sowohl kommunistisch als auch polygam war. »Es ist die Leidenschaft des revolutionären Kampfes, die sie einhüllt und verschwistert«, die die Frauen im Haushalt vereint.[68] Aber der Roman endet mit dem Mann, der dem Haushalt vorsteht, und seiner Handlungsmacht. Ihm kommt die Autorität zu, sowohl die Partei als auch die erweiterte Familie anzuführen. War es am Ende vielleicht falsch, »nach Vollkommenheit zu dürsten«, wie es in jenem Gedicht heißt, das Sarah Rappeport ihrem Roman voranstellte?

Aus dem Englischen von Andreas Kraß

Sarah Rappeport

Die Jüdin von Cherut

Nach Vollkommenheit dürstend
Sehe ich in diesem Lande
Nur die flatternden Gewänder der Fellachen,
Bewegt wie der Wind,
Getönt wie die Erde,
Wandern sie am Rand
Der betonierten Straßen,
Nur sie, geboren im Rhythmus des Landes.

Maria Roth fuhr die kurze Strecke von Schatta nach Bethschan, vollkommen vertieft in Berechnungen über den Preis von roher Wolle, gewaschener Wolle, arabischer Leinwand und Deckensatin. Die Nächte sind kalt in Cherut. Sie hat es nach schwerem Kampf in der Kommune durchgesetzt, dass man ihr versuchsweise erlaubt, zehn Decken zu nähen. Nun fährt sie nach Bethschan, Wolle zu kaufen. Mit ihr ist Fritz Lerner, der gut Arabisch versteht, schon Jahre in Palästina lebt und die Verhandlungen in den Geschäften führen soll. Eine Frau kann nicht allein nach Bethschan kommen. Dazu ist die Gefahr des Verschlepptwerdens für eine unverschleierte Europäerin zu groß. Sie fahren von der Station in einem holpernden Omnibus, in Gesellschaft von englischen Beamten, Fellachen und deutschen Wissenschaftlern, in die Stadt, die sofort in Maria Sehnsucht nach ruhigen, kleinen deutschen oder mährischen Provinzstädten erweckt. Bethschan ist von einer unwahrscheinlichen Sauberkeit und in manchen Teilen voll Friede und Stille.

Fritz Lerner wird von vielen Kaufleuten begrüßt und in die große Straße, die zugleich Markt ist, gewiesen. Die Wolle steht wunderschön gewaschen und gezupft in Säcken vor den Türen. Wo sie anfragen, sagt man ihnen: »Dies sind nur die Muster für die Händler aus Damaskus, die man erwartet. Die Wolle werden die Beduinen erst in zehn Tagen, wenn die Schafschur beendet ist, bringen.« Aus Neugier gehen sie weiter. Sie treten in einen Laden, aus dem bunte Stoffe und Seiden ihnen entgegenleuchten. Mit dem Wissen, dass sie es doch nicht bekommt, und dem Hoffen, »vielleicht doch«, zieht Maria ein Stück Seide aus dem Regal. Sehr schmal und sehr schön, orangenfarben, mit schwarzen Streifen. Man könnte die Wände damit bespannen. Mit ein wenig Hass denkt sie an die kahlen Barackenzimmer ohne Boden und an die Zelte, in denen sie seit drei Jahren wohnt. »Fritz, frag doch, was das kostet«, sagt sie, versunken in die Schönheit des Stoffes.

Der Ton der antwortenden Stimme lässt sie aufsehen. Vor ihr steht ein Mann, gekleidet in den Stoff, den sie bewundert. Marias Herz beginnt seltsam zu zucken und zu klopfen. Sie weiß wohl selbst nicht, wie sie auf den Mann starrt, dessen Lächeln allmählich versinkt und dessen Blick unruhig und verlegen wird.

Husseini ist im Innersten betroffen und doch auch empört über die Frau, die es wagt, so auf ihn zu schauen.

Fritz nennt ihr den Preis, den Maria nicht mehr hört, denn nun will sie rasch fort aus diesem Entzücken und dieser Gefahr.

Husseini steht aufgerührt von diesem wahnsinnigen Blick ohne Scham und Sitte. Er denkt: »Wenn eine meiner Frauen so auf einen Mann blickte – in einen Sack würde ich sie nähen und in die Sachne werfen.« Aber schon ist seine Unbefangenheit gebrochen. Nein, das würde er nicht tun, ihrem Vater würde er sie zurückgeben mit Schimpf und Schande, ohne den Kaufpreis zurückzuerstatten.

Husseini hat drei Frauen, entsprechend seinem Alter – er ist fünfunddreißig Jahre – und seinem Stand – er ist der größte Kaufmann in Bethschan. Als er siebzehn Jahre alt war, hatte seine Mutter die erste Frau für ihn gewählt. Er denkt daran, wie sie vor ihm getanzt hatte, ein Band zwischen den Beinen, das er zerreißen musste, um die Ehe zu vollführen, und wie Begierde, Scham und Angst ihn zerrissen hatten. Die Verwandten im Nebenzimmer wurden ungeduldig. Sie handelten um den Kaufpreis mit viel Feierlichkeit und Würde. Er hörte durch die Türe, wie die Mutter Leilas seiner Mutter von den Vorzügen ihrer Tochter erzählte, von ihren stehenden Brüsten und ihrem rötlichen Haar, von ihren fleischigen Beinen und dass zwischen den Beinen schon Haar wuchs, aber sie hätte sie ausrasiert, und nun sei sie glatt wie ein Kind. Er zerriss das Band. Wild und schamvoll.

Fünf Jahre später hatte er sich selbst eine Frau gewählt und viel Geld für sie bezahlt. Sie gefiel ihm sehr, obwohl sie älter war als Leila. Seine Mutter und sein älterer Bruder hatten lange verhandelt und ihm oft und oft gesagt, er solle sich lieber zwei andere kaufen, diese sei zu teuer. Ihre Brüder seien schlecht: Die Geschenke, die sie ihr geben wollten, seien noch nicht die Hälfte des Kaufpreises, auch viel Ehre für die Familie sei mit ihr nicht zu erhoffen. Ruchna hatte eine kindliche Verwandte als Dienerin mitgebracht, und die war vor zwei Jahren ohne viel Aufhebens seine dritte Frau geworden.

Sein Leben war ruhig. Seine Sinne waren gesättigt. Er hatte Söhne und Töchter von seinen Frauen und konnte seine Tage in Ehren beschließen. Was wollte diese Frau von ihm? Kaufen konnte man die nicht, das wusste er, sie rauben? Er ist kein Beduine! Er ist der große Kaufmann von Bethschan. Er wird sie vergessen! Aber heute muss er sie noch sehen, er will es auch. So stand er vor dem Zug, mit dem Maria zurückfuhr.

In Maria ist eine wilde Freude. Ihr Blick ist Bereitschaft und seine Antwort Gelöbnis. Die Fahrt nach Cherut ist sehr kurz. Maria sagt sich immer wieder, dass sie ja diesen Mann nicht kenne. Dass es keinen Weg der Verständigung gibt. Weder Sprache noch Sitte. Was war dieser Mann gewohnt von einer Frau, und wie sah sie sich im Leben? Aber er ist der Bruder, er ist der Freund und ist auch der Mann, dessen Leben man teilen möchte. »Wir sind dem Nazarener begegnet«, sagt sie, sich vergessend, zu Fritz, und Fritz lacht herzlich: »Meinst du Husseini, Maria? Husseini ist unser Feind, Maria, gewöhn dir die Begeisterung ab.«

Auf der Station war kein Wagen, und sie mussten zu Fuß gehen. Maria ging mit dem Gedanken, dass der Nazarener ihr Feind sei. Der Feind dessen, was sie und ihre Gemeinschaft hart erkämpfen. Erkämpfen mehr gegen sich selbst als gegen die Welt, die mit Spott und Bewunderung ihrem Ringen zusieht.

*

Cherut ist eine kommunistische Arbeitersiedlung mit Verzicht auf politische Wirkung. Ohne geschriebenes Gesetz, mit der Verwaltung aller. Sie versuchen ihre Angelegenheiten gemeinsam zu regeln, es gibt so etwas wie einen Rat der Fünf, der jedes Jahr neu gewählt wird und jede ernstere Sache vor die Sicha (das ist die Versammlung aller) zu bringen hat. Maria glaubt noch an ihre Sache. Sie kämpft gegen Korruption und Autorität, die auch hier ihre Köpfe erheben. Ihr Kampf ist hart und erbittert, man lacht über sie, und sie beißt die Zähne zusammen und lacht über die Lacher. Hinter all dem ist etwas wie nationale Befreiung, Zurück zur Arbeit, Erneuerung des Judentums. Alles, womit der prophetenbärtige Mann aus Wien vor einem Menschenalter Europas junge Juden erregte. Aber all das weist sie zurück, es geht sie nichts an, ebenso Hebräisch, das sie ohne jede Eingebung, aber mit vielen Fehlern spricht. Die Kommune hat sie gefesselt und, so scheint es ihr, für jede andere Art Leben untauglich gemacht. Ihre Gedanken gelangen wieder an die Decken und an den Kampf gegen Armut und Verschwendung. Sie weiß – wenn es nicht gelingt, diese kleinen, unscheinbaren Dinge zu besiegen, wird ihre Kommune zugrunde gehen. Und die Erinnerung an das Lachen, als sie einmal gewagt hatte, etwas Ähnliches auf der Sicha zu sagen, beginnt sie in der Kehle zu würgen und Tränen in ihre Augen zu bringen.

Sie gehen weiter, und sie spricht mit Fritz über Schafzucht und Kleesaat, Bewässerung und Küche.

Die Küche ist auch ein Teil der Arbeit, die sie leisten will, aber man glaubt ihr nicht recht. Zweimal ist sie bei dem Versuch erkrankt, und so ist es bei dem Unglauben geblieben. Fritz erkundigt sich nach Herbert von Cherut. Sie errötet, hat sie doch noch heute früh geglaubt, sie werde sich zu einem Kinde entschließen – von Herbert. Herbert ist der dritte Mann, mit dem sie während ihres Lebens in der Kommune gelebt hat, durch ein Jahr waren es zwei Männer gleichzeitig. Es war mehr Kummer und Qual als Liebe in diesem Teil ihres Lebens gewesen. Dann hatte Mark sie verlassen, und ihr Verhältnis zu Herbert war ruhiger und gleichmäßiger geworden, und alles schien so gut, dass sie es festigen und ein Kind bekommen wollten. Nun, sie wird also kein Kind bekommen. Herbert wird nach Europa fahren, Medizin studieren, vielleicht zurückkommen, wahrscheinlich nicht. Sie muss frei sein für den Nazarener, wenn sie auch noch keinen Weg und keine Möglichkeit sieht, ihm auch nur zu sagen, was sie weiß.

Man sieht Cherut schon, und heute ist ihre Liebe zu diesem Ort mit Angst gepaart. Die Luft in diesem Meereskessel ist ganz anders als sonstwo auf der Welt. Die Farben zwischen Regen und Regen haben die Macht, Marias Sinne so zu erfassen und zu umschmeicheln, dass sie stärker sind als körperliche Schmerzen, dass sie durch die Landschaft geht wie durch einen Kindertraum und manchmal das Gefühl des Fliegens sie wachend erfasst. Zwischen den Zelten und Baracken kommen ihnen die Genossen entgegen und fragen nach dem Erfolg der Reise. Maria schüttelt ihre Träume ab und wird wieder die energische Frau: »Wir werden in Kena, in der Nachbarsiedlung, kaufen«. »Dann wirst du das Waschen und Zupfen selbst übernehmen müssen«, sagt ihr Mirjam mit scharfem Unterton. »Ja«, ist Marias Antwort.

Im Esszimmer (es hat schon vor einer Weile zum Abendbrot geläutet) ist es schwer, einen Platz zum Sitzen, einen Teller für die Suppe und ein Töpfchen für den Tee zu erobern. Sie sitzt und isst, mit Hunger, mit Unlust. Sie beobachtet Herbert, der auf allerlei Umwegen auf sie zusteuert. Wie sonderbar (sie denkt an Europa), dass es hier gegen die Sitte verstößt, neben dem Mann, mit dem man das Bett teilt, beim Essen zu sitzen. Sie hatten doch beschlossen, ein gemeinsames Zimmer zu verlangen. Trotzdem scheint es Herbert ungeheuer wichtig, ihrer Begegnung den Schein des Zufälligen zu geben: »Wie war es, Maria?« Maria will erzählen von dem Mann, dessen Lächeln ihr die Welt erschüttert, dessen Blick ihr die Welt erneuert. Und Maria erzählt – von den sonderbaren Salaten, die sie gegessen, vom Fleisch, das auf der Straße gebacken wird. »Hast du schon geröstetes Hammelfleisch gegessen?«, fragt Maria.

Nie werde ich ihn vergessen, er ist der Nazarener, der wiedergekehrt ist, fühlt sie.

Aber sie sieht Herberts liebe Augen, Herberts vertrauten Körper und seinen Mund, der sie heute Nacht küssen wird. Sich ihm entziehen? Noch kann sie es nicht. Warum sollte sie es auch? Treue des Körpers ist ihrem Wesen fremd und fremd ihrer Ideologie. Sich bewahren heißt für sie nicht mehr ihren Körper bewahren. Sich bewahren heißt – unverkäuflich sein. Um keinen Preis, nicht für gutes Leben, nicht für Erfolg, aber auch nicht für Freundschaft und auch nicht für Liebe. Nein, auch nicht für Liebe: »Also werde ich nie mehr mit ihm zusammenkommen.«

*

Husseini ist langsam den Weg zur Stadt zurückgegangen. Er fühlt, dass er etwas versprochen hat, und er weiß nicht – was. Er ist ein Mann, primitiv in seinem Denken und anständig in seinem Tun und Fühlen. Das Einfachste wäre, sie als sein Weib in sein Haus zu nehmen. Die Frauen würden gekränkt sein, aber schließlich sich fügen – trotzdem sie ohne Scham ist und ohne Sitte. Aber das Leben würde sehr schwer werden. Ihre Gewohnheiten, ihre Art sich zu kleiden! Auf der Straße müsste sie den Schleier tragen. Niemand soll diesen Blick sehen, das könnte er nicht dulden! Dieser Blick ist sein und nur sein. Nein, in seinem Haus mit seinen Frauen – das würde nicht gehen. Aber wenn er noch zwei Jahre schwer arbeitet, wird er ihr ein Haus bauen können, nur für sie – hier in Bethschan. Husseini weiß, dass es so nicht geht. So wenig weiß er von diesen Juden, den Freunden der Engländer, den Bolschewiken, wie er sie manchmal nennen hört. Er muss sehen, mehr zu erfahren!

Nachhause gekommen, findet er Freunde vor, die wie er nach Damaskus reisen wollten. Ali ist jung und frech. Husseini achtet ihn nicht mehr. Von Ali erzählt man, dass er in Haifa manchmal in europäischer Kleidung gesehen wird. In Bethschan hat ihn noch niemand so gesehen. Während der Reise wird er mit ihm sprechen und ihn fragen nach all dem Fremden. Husseini wird von allen mit Würde, von Ali mit viel Lärm und Ehrerbietung begrüßt. »Er wird von mir als von seinem Freund sprechen, wenn ich ihn zu viel frage, aber ich muss wissen.« Das Weib (er weiß ja nicht, wie sie zu nennen, und so wird Maria für ihn das Weib) hat so viel Wissen in ihrem Gesicht. Von ihr möchte er erfahren, was die Welt ist.

Arabien ist groß und gewaltig, und zu Mohamed reden viele Zungen. In Syrien und Ägypten, in Indien und Palästina. Er, Husseini, war in Mekka und hat sie alle gesehen. Sein grüner Turban ist eine heilige Sache, und ihm gebührt die Achtung, die ihm zuteil wird. Auch Ismail hat einen grünen Turban. Ismail ist arm und alt. Er sagt, geschenkte Pitta (das flache Brot) ist keine gute Pitta. Es schmeckt nicht mehr so gut, seit er arm geworden. Husseinis Haus ist groß und schön, und er bewirtet seine Gäste gern und gut. In dem großen Raum, der in der Mitte leer ist, stehen an den Wänden Sofas mit schönen Teppichen, davor geschnitzte, kleine Tische mit Kupferplatten und Perlmutteinlagen. Jussuf, sein Sohn, er ist vierzehn Jahre, bringt den Kaffee und Backwerk, das besonders Silla, seine jüngste Frau, zu bereiten versteht. Silla ist schmal und zart und singt sehr schön. Die Mutter Husseinis findet sie nicht schön und ihren Gesang nicht schön. Nur weil sie im Haus war und man fast nichts für sie zahlen musste, hatte sie gegen die Ehe nicht protestiert. Ein Kamel hatte man ihren Verwandten gegeben. Sie wird Töchter gebären, und für jede Tochter Husseinis wird man viele Kamele fordern. Also ist sie nicht schlecht zu ihr und lässt sie ruhig leben, schützt sie auch manchmal vor Ruchna, die nicht vergessen will, dass Silla einst Magd im Hause des Husseini gewesen. Ruchna ist die zweite Frau und älter als die beiden anderen. Aber Ruchna ist gewohnt zu herrschen, und sie ist (die Mutter wusste es gleich, als sie sie sah) nicht gut. Schlechte Schwester, schlechter Bruder. Sie klirrt mit ihren Armbändern, sie spielt mit ihren Ketten, und mit bösen Worten ist sie auch nicht sparsam. Zwischen Ruchna und Leila sind die Beziehungen von großer Höflichkeit und Liebe. Sie küssen einander die Hände, wenn sie sich in anderen Häusern treffen. Jeden Nachmittag trinken sie den Kaffee in einem anderen Haus und essen Backwerk und weichen Zuckerkuchen. Es wird geschwätzt wie bei den Kaffeekränzchen der deutschen Frauen. Aber es wird auch gesungen und getanzt.

Die Mütter und Tanten können sich die Töchter besehen und wählen für ihre Söhne und Neffen. Sie besehen sie sich sehr genau und betasten, wo das Sehen nicht genügt, mit einer fast lesbischen Gründlichkeit. Das ist eine gute Vorbereitung für die Ehe und auch sonst ein Vergnügen. Der Sohn verlässt sich ganz auf die Mutter, und sie setzt ihren Stolz darein, dass er eine Frau bekommt nach seinem Herzen.

Wenn Bruder und Schwester einander lieben, dann wird wohl die Schwester manchmal dazu helfen, dass er verborgen, durch eine Ritze im Vorhang, das Gesicht der Erwählten sieht, ehe sie vor ihm tanzt. Wird er dabei entdeckt, so ist es schlimm – sowohl für ihn als auch für die Schwester. Mit Ruchna war es so. Husseini, der auf Maria solchen Eindruck machen konnte, ist von inniger Schönheit. Sein Lächeln ist wie weiche Seide sich einzuhüllen, sein Blick voll Ruhe und Güte. Ruchna, die Stolze und Unruhige, war voll Verlangen und Sucht nach diesem Mann. In seinem eigenen Haus, wo sie Gast Leilas war, hatte er sie gesehen. Leila hatte geholfen, sie ihm zu zeigen und so zu tun, als wäre dies Zufall. Ruchnas Hände konnten schmeicheln, und ihr Mund konnte küssen, und Leila war dankbar und willig. Warum nicht den Mann mit ihr teilen, wenn es süß war, sie mit dem Mann zu teilen?

So stand es um das Haus und um die Frauen Husseinis. Husseini wusste sehr wenig von diesen Dingen. Vor dem Mann hüten sie sehr ihre Geheimnisse, die arabischen Frauen. Sie müssen möglichst gut miteinander leben, denn sie leben miteinander. Eifersucht zwischen den Frauen eines Mannes ist Schande für die Frauen. Kein Beweis für Liebe, sondern für einen schlechten Charakter. Ruchna ist eifersüchtig, denn sie liebt diesen Mann und hat einen schlechten Charakter. Husseini verbringt viele Nächte bei Silla der Unscheinbaren, Silla der Magd. Leila freut sich und kommt ins Zimmer der Ruchna, mit ihr zu plaudern und zärtlich zu sein. Aber Ruchna ist unaufmerksam, ungeduldig und schickt sie schlafen. Leila geht, gutmütig und gekränkt.

Ruchna braut Tränke und Salben für sich und Husseini. Ruchna ist klug und weiß viel mehr als die Frauen in diesem Haus. Sie weiß aber auch, dass sie die Älteste ist und nicht die erste Frau. Sie darf nicht ungeduldig sein zu Leila, Leila ist die Herrin. Sie darf nicht schlecht sein zu Silla, Husseinis Mutter duldet es nicht. Und sie will ungeduldig sein und schlecht, wenn sie nicht geliebt wird. Aber nur wenn man geliebt wird, darf man auch schlecht sein und ungeduldig. Ruchna denkt, dass nicht alles gut ist, was von Allah kommt – und alles kommt von Allah. Ruchna ist eine schöne und überlegene Frau, und würde sie in Kopenhagen oder Berlin leben, so wäre jetzt die Zeit, den Gatten gegen den Liebhaber einzutauschen. Dann würde sie die liebenswürdigste Frau sein und die Freundinnen ihres Mannes lieben und schätzen. Aber die zweite Frau des Kaufmanns von Bethschan hat keinerlei Aussicht auf einen Freund, sie ahnt kaum, dass es so etwas gibt. Von niemandem hat sie Hilfe zu erwarten in ihren Nöten.

So schlägt sie Silla, wenn sie es ungestraft tun kann, mit nichtigen Ausreden und wenig Befriedigung. Silla ist bei ihr groß geworden, hat jahrelang Magddienste getan, und Ruchna war weich zu ihr und gut. Sie hat sie in dieses reiche und schöne Haus mitgenommen. Alles war gut für Silla, ehe der Herr sie zum Weibe nahm. Niemand hat sie gefragt, ob sie will. Natürlich, ein Vater kann doch seine Tochter verkaufen. Silla hat sich gefreut, dass ihr Vater ein Kamel für sie bekam und nicht gedacht, dass sie vielleicht mehr wert sei. In Nourris hatte kein Fellach ein Kamel, und ihr Vater ist durch sie reicher geworden; darauf ist sie sehr stolz. Ihr Vater hat ihr auch große, blaue Perlen geschenkt, dieselben, die er dem verehrten Tier um den Hals gehängt hatte. Silla ist nicht schön zwischen den Frauen von Bethschan. Sie ist ganz fettlos, schmal in den Hüften, breit in den Schultern. Ihre Brüste sind klein und dunkel. Ihre Hände lang und schmal, lang und schmal ihre Füße. Ihre Augen sind groß und stehen weit auseinander. Ihr Haar ist glatt und gescheitelt.

Maria ist anders und Maria ist so.

Husseini sitzt, trinkt Kaffee und bietet mit viel Zeremoniell und Freundlichkeit seinen Gästen Essen und Trinken an. Wenn er besonders ehrerbietig sein will, dann holt er die Speisen selbst aus den Vorratskammern und trinkt vom Becher des Gastes. Sie reden über die Fahrt nach Damaskus. Es ist dies eine große Sache. Nur einmal in vielen Jahren. Wenn der Acker guten Ertrag hat und die Beduinen viel Wolle und viel Jährlinge auf den Markt bringen, dann fahren die Kaufleute von Bethschan nach Damaskus, Vorräte einholen. Silberne Spangen und eingelegte Dolche, bunte Samte und weiße Leinwand. Berühmt ist Damaskus für all diese Dinge seit Sindbads Zeiten. Husseini weiß gut zu wählen. Mit Freundschaft und Achtung wird er im Schuk von Damaskus begrüßt und behandelt. Schon Husseinis Vater und dessen Vater sind zu Zeiten nach Damaskus gereist. Seltener als Husseini, der mit der Eisenbahn fährt. Das ist rascher und billiger. Noch vor wenigen Jahren, vor der großen Hungersnot und dem Krieg der Fremden, war auch er noch mit Kamelen gereist. Mit der Eisenbahn war auch wohl diese Fremde, das Weib gekommen, das Einbruch tat in die Gesetze seines Lebens.

Für Silla wird er ein Kleid mitbringen, von grünem Samt mit silbernen Litzen. Ruchna und Leila haben Kleider, mehr als sie tragen können. Aber sie werden Silla das Kleid nicht gönnen, wenn sie nicht auch Geschenke bekommen. Er wird ihnen Spangen kaufen. Fußspangen in erhabener Arbeit, wie sie Selim macht, sein Freund. Selim war weit in der Welt gewesen, in Paris und in Amerika. Das alles bekommt jetzt Bedeutung und wird wichtig. Früher waren es Geschichten, die das Behagen erhöhten, wenn man während des Nargilarauchens zuhörte. Husseinis Gedanken kehren zu seinen Gästen zurück. Unruhig ist er, und er fühlt es. In die Gedanken von Kauf und Verkauf drängt sich der Blick dieses Weibes, sein Geben und Fordern, sein Ruf nach ihm. War denn die Welt nicht gut genug, so wie sie war? Was fordert sie von ihm, und was hat er versprochen? Dass alles nicht mehr eindeutig ist, wie es noch gestern war – nur das weiß er.

Sie besprechen die Reise, und Ali erzählt, dass die Leute in Kena Schafe züchten und Wolle verkaufen: »Billig hoffe ich von ihnen zu kaufen. Sie verstehen etwas von Zucht, aber von Handel verstehen sie weniger als die Beduinen. Sie sind arm und dumm und haben sonderbare Sitten. Ihre Frauen! Die Männer behandeln die Frauen wie ihresgleichen und die Frauen können den Männern befehlen!« Er, Ali, hat überhaupt nicht gesehen, dass ein Mann wagt, einer Frau etwas zu befehlen. Nicht einmal seine eigene Frau darf einer schlagen! Und sie essen in einem Zimmer, Männer und Frauen gemeinsam. Nie kann man wissen, wer Ehemann und Ehefrau ist. Nur manchmal, an ihren Feiertagen, sieht man die, die ein Kind haben, zusammen, das Kind in der Mitte.

Husseini hat diesen Wortschwall angehört, und die Angst in seinem Herzen wird größer und größer, die Hoffnung, dass nichts sich verändert hat, immer geringer. Nichts ist geschehen, als dass eine Jüdin aus Cherut ihn angesehen hat. Und noch dies: dass er zum Bahnhof ging. Aber schon weiß er, dass er auf diesen Blick sein Leben lang gewartet hat. Dass alle Geschenke, die er Silla gibt, diesen Blick hervorlocken wollen, den Silla für ihn nicht hat. Silla bemüht sich, ihm Freude zu machen. Silla lernt alle möglichen Kunststückchen aus Dankbarkeit für seine Geschenke und in Hoffnung auf neue Geschenke. Er hat Ruchna leidenschaftlich begehrt und geliebt und ist Leila ein guter Mann. Gedanken hat dies alles nicht viel gekostet. Einfach war die Welt noch gestern, sicher in ihrem Beginn und Fortgang: »Sie wird es wieder sein, Husseini. Du musst nur den Weg finden, der ein Weg ist voll Leiden und Freuden.«

*

Maria geht gleich nach dem Abendessen in ihr Zimmer. Sie ist schwer von Gedanken und voll erregter Müdigkeit. Maria denkt an ihre Jugend, die ihr sonderbar phantastisch scheint, und so glaubt sie, Husseini näher zu sein. Die vielen Geschwister. Der Vater, der fremd war und Herr. Von ihrer Mutter weiß Maria vielerlei und gar nichts, aber sie hofft, dass Husseinis Vater und ihre Mutter sich näher waren als sie und Husseini.

Maria ist ein kleines Mädchen, das in einem großen Bett liegt, neben ihr ihre Schwester. In der Ecke neben dem Schrank steht ein Mann mit einer Mütze aus Fell. Er rührt sich nicht, und auch Maria rührt sich nicht, damit dieser lange, lange Mann ihren Atem nicht hört. Es ist kein Entkommen, denn er steht gerade neben der offenen Tür, wo Vater und Mutter schlafen. Hinaus ins Vorhaus? Der Weg ist zu lang, und draußen sind vielleicht Gespenster. Über ihnen, sie wohnen am Berghang, ist der alte Friedhof. Das Fenster aus Annas Kammer geht dahin, doch ist es hoch und vergittert. Langsam wird es Tag, und es ist Vaters Mütze, die all diese Angst hervorruft. Wieder ist es Nacht, und Maria erwacht, die Mutter sitzt an der Wiege und stillt das Kind, das keinen Namen hatte. Maria springt aus dem Bett, und die Mutter lacht: »Maria, willst du auch von meiner Brust trinken?« Maria ist tief beschämt und entrüstet. Die Welt ist voll von fremden Gassen, in die man gehen muss, und voll von Wegen, die man suchen muss. Schwer ist der Kampf mit der fremden Sprache, die man zuhause nicht spricht. Manchmal leuchten von weither Garten und Feld. Der Vater, das ist das Gesetz, das nie erfüllt werden kann. Am besten, man flüchtet beizeiten. So geht Maria Schritt für Schritt den Weg, der sie bis hierhergebracht hat. Es ist ein Weg aufwärts, Schritt für Schritt.

Sie sieht sich als kleines Mädchen, so hat sie lesen gelernt in dicken Bänden alter, alter Zeitschriften, aus denen erfährt sie alles, auch Geschichten der Revolution mit allem Für und Wider. Sie muss allein sehen, was gut ist und schlecht. So hat sie gelernt, mit ihrem Urteil gegen die anderen zu stehen. »Ach Gott, wie wird mir das noch nötig sein!«

Große Treppen vor ihr im hellsten Lichte der Sonne.
Dort steht eine Fliege, und zuhause ihr Bruder ist krank zum Sterben.
Stirbt sie, die Fliege, so stirbt auch mein Bruder.
Schon tritt ihr Fuß auf die Fliege,
Drei Treppen ist sie dazu gestiegen.
Langsam steigt sie herunter und weiß bei sich:
Mein Bruder ist tot.
Ich hab' ihn gemordet.

Jahre hat Maria gelitten. Jahre voll Trauer und Angst. Manchmal, selten nur, vergisst sie und atmet befreit. Aber auch das geht vorüber, und dann: die Stadt! Die sie in ihrem hässlichsten, schwärzesten Kleid empfängt und doch sie fühlen lässt, sofort am ersten Tag, sie ist der Weg zur Befreiung, denn Zwang ist das Leben hier überall. Zwang – und Kampf.

Maria ist sehr langsam und tastend vorwärts gekommen in jenen Zeiten. Bücher waren es, die sie vorwärts und irreführten. Sie lächelt in der Erinnerung, mit welch kindlicher Andacht sie Leibniz las, in jeder Minute bereit, das Geheimnis der Größe zu empfangen. Sie lächelt nicht in der Erinnerung an den Kampf gegen Gott, den sie nur als Jehovah kennt. Ein Gott, der immer einengt, der nie das tun lässt, was man will. Oh, ihre nächtlichen Gebete und Verträge mit Gott! Sie ist ja verantwortlich, und was sie Böses tut, wird Gott rächen an denen, die ihr lieb sind! Nie hat sie Angst für sich, nur für die Nahen. So muss sie streng mit sich sein, muss leiden, damit andere fröhlich sind: »So bin ich noch heute.« Maria hat zu sich selbst gesprochen, steht auf und geht aus dem Zimmer.

An der Tür stößt sie mit Herbert zusammen: »Gehen wir weiter, ich habe dir manches zu sagen.« Herbert weiß, dass Maria es nicht verträgt zu flüstern. Und in den Barackenstuben hört man jedes Wort, von einem Ende bis zum andern. Der Mond ist ein anderer, als der Maria in ihrer Kindheit lockte und ängstigte. Hier ist es ein Ball, schwebend am Himmelszelt. Heute hat er nichts Geheimnisvolles, nichts Märchenhaftes an sich. Auch Maria will klar und sachlich sein, und so fängt sie von ihrer Einstellung zur internationalen Arbeiterschaft an: »Ich halte es für mein gutes Recht, hier zu bleiben und hier zu arbeiten, auch wenn ich der Dritten Internationale angehöre. Aber vielleicht wird man mich ausschließen?« »Unsinn, Maria! In Cherut nicht. Vielleicht in

Kena, aber wir sind ja nicht in Kena.« Beide schweigen und denken an Kena, denn in Kena gibt es in diesen Tagen Versammlung auf Versammlung. Man spricht über alle Dinge, über die in Amsterdam und auf den Kongressen der Moskauer Internationale und sonst in Europa gesprochen wird. Nur reißt es hier nicht ins Leben. Frauen verlassen ihre Männer und Männer ihre Kinder ihrer politischen Überzeugungen wegen.

In Cherut liegt der Lebensschwerpunkt anderswo. Man erregt sich um die noch ungeborenen Kinder. Ob das Kind das Kind seiner Eltern oder das der Gemeinschaft ist, steht in Cherut ernsthaft zur Diskussion. Weil es Nacht ist und der Mond von einer Wolke verdeckt, die Sterne nur matt am Himmel, wagt Maria nur zu sagen: »Herbert, wir müssen auf das Kind verzichten. Ich bin nicht mehr bereit.« Herbert ist stehen geblieben: »Ich fühle es, Maria, es ist heute etwas Entscheidendes mit dir geschehen, an dem ich nicht Teil habe.« Seine Stimme klingt rau. Vor einem Jahr, als er Maria zu lieben begann, hatte er dieselben Worte einer Frau gesagt, der ein Kind von ihm Erfüllung bedeutete. Vergeltung spürte er. Er hatte sich so männlich und kraftvoll, so wahrhaft heldisch gefühlt, als er so schwere Worte der einstmals Geliebten sagte: »So weh tut das also. Kein Wort hat Tanja mir davon gesagt, bevor sie Cherut verließ. Ich werde ihr noch heute schreiben. Dass ich fühle, was sie fühlte, und Vergeltung an mir geübt wurde.« Maria bekommt Angst vor dem Schweigen des

Gefährten. Wie gerne möchte sie ihm sagen, was heute mit ihr geschah. Sie weiß, auch wenn Hilfe nötig ist, wird Herbert ihr helfen, aber sie hat keinen Mut und so gehen sie schweigend weiter.

Marias Gewissheit, dass Husseini ihr zugehört, ist so ohne jeden äußeren Halt und so tief in ihr verankert, dass sie nicht einmal an die Mittel denkt, die sie zusammenführen sollen. Bis jetzt ist ihre Beziehung zu Männern immer Freundschaft gewesen. Der Kampf der Geschlechter war zurückgehalten. Mark hatte sie geliebt und gehasst. Mark hatte Freundschaft mit Herbert und wollte Liebe aus seiner Liebe zu Maria. Sie sprachen von ihrer Verbundenheit mit tiefster Rührung. Beide Männer waren schlecht zu Maria gewesen, um gut zueinander zu sein. Wie viele einsame Nächte hatte Maria verbracht, während die beiden Jünglinge miteinander von ihr und ihrer Liebe zu ihr sprachen. Jeder Kuss schien ein Raub an dem Freund und war so bitter und süß zugleich. Dann war es geschehen, dass Mark erkrankte. Herbert und Maria waren gemeinsam zu ihm gekommen und gemeinsam von ihm fortgegangen. Beide hatten ihm nur Liebes gesagt und Liebes getan. Bis Mark sie gebeten hatte, ihn nicht mehr zu besuchen. Da war es herausgebrochen. Dass es Qual war, sie zusammen zu sehen, dass es Qual war zu denken, dass sie, nachdem sie gut zu ihm waren, einander küssten, mit sich zufrieden. »Ich hasse Euch beide«, hatte er geschrien, und sie alle waren bleich und erschrocken voneinander gewichen. Damals hatte Maria Herbert monatelang nicht gesprochen. Sie wagten nicht, einander anzusehen. Sie fühlten den Betrug und fühlten den Hass, und dennoch waren sie alle drei unschuldig. Maria liebte beide Männer, so schien es, und beide nach ihrer Art. Herbert und Mark waren Freunde, einander zugetan, noch ehe sie in die Gemeinschaft der Cheruter eintraten. Ihre Gemeinschaft war nahe und innig, weit über das Weib hinaus, und dieses Weib war die Kameradin, die Genossin, ehe und nachdem sie das Weib geworden: »Maria! Es tut so weh! Sag mir nicht, was geschehen ist. Ich liebe dich, Maria. Ich will dein Freund bleiben und dein Gefährte sein.«

*

Husseini sitzt mit seinem Freund Selim in dem engen Gässchen in Damaskus, wo die Silberschmiede sitzen, arbeiten und verkaufen und zwischendurch mit ihren Nachbarn über das sprechen, was ihre Welt bewegt. Selim erzählt von seiner Arbeit in der Fremde. Von den Silberschmieden in Paris, dass sie es noch dunkler haben als in Damaskus, dass sie krank sind, weil sie zu viel Zeit in einem Zimmer sitzen und nicht auf die Straße gehen, wo man doch immer etwas sieht und immer etwas hört. In Paris sei künstliches Licht, so hell wie die Sonne, aber es verderbe die Augen. Immer sei bei der Arbeit ein Herr dabei, so dick wie ein Effendi, der hört es nicht gern, wenn man spricht, denn er hat die Zeit der Arbeiter gekauft. Wenn man lacht, ist er unzufrieden, er will seine Zeit trübe haben. Der Mensch ist dann fleißig aus Widerwillen und um dem Mann seine gekaufte Zeit zu liefern. Diese Zeit ist unfreundlich und bitter. Darum ist Selim auch nach Damaskus zurückgekommen, wo er seine Arbeit verkauft und nicht seine Zeit. Die Menschen, denen man ihre Zeit abgehandelt (das ist ein Teil ihres Lebens) tun sich zusammen, um sich gegen die Ausnützer zu wehren. Dort habe er gehört (er versteht ihre Sprache), dass es zweierlei Menschen auf der Welt gibt. Die einen vertun ihre Zeit mit Langeweile und Vergnügen, listen und stehlen dann den anderen ihre Zeit, nehmen sie in Besitz und lassen die armen Menschen nicht reden und nicht lachen. Aber jetzt haben sich die Zeitlosen zusammengetan und kämpfen. Sie kämpfen, um weniger Zeit herzugeben und den Fetten von ihrem Fett etwas abzunehmen.

So versucht Selim seinem Freund Husseini den Klassenkampf europäischer Arbeiter darzustellen! Husseini hört aufmerksam zu. Darum also arbeiten diese jüdischen Männer und Frauen auf den Feldern des Emek. Das ist also die neue Lehre. Selim hat ihm schon früher Ähnliches erzählt. Neu ist das nicht, aber vergessen. Im Koran heißt es, dass ein Diener Gottes nicht vom Schweiße der anderen leben dürfe. Aber die Priester, aber die Händler? Husseini ist auch ein Händler, auch sein Vater war ein Händler, und sie sind angesehene Leute in ihrer Stadt und auch hier in Damaskus.

»Das Weib hat mir die Sicherheit genommen. Wenn mir Selim früher dies alles erzählte, war es wie ein Märchen: das vom Feiertag der Arbeiter, von ihren düsteren Gesängen, von ihren Märschen in den

Straßen der Nichtstuer, davon, dass man sie verfolgt und einsperrt.« Er hatte das gehört – einigermaßen berührt und doch weit weg von seinem eigenen Leben. Natürlich hatte er auch von Moskau gehört, dass dort die Besitzlosen sich zusammengetan und die Besitzer, die Effendis, verjagt hätten. Aber er hatte auch gehört, dass das Elend noch größer geworden, und er hatte das geglaubt. Wiewohl, das ist ihm jetzt klar, es unglaubwürdig ist.

Husseini beginnt über sein eigenes Tun zu grübeln: »Ich kaufe Wolle von den Beduinen, die scheren die Schafe, sind den ganzen Tag mit ihnen auf der Weide, haben kein Haus, leben in Zelten und essen Reis und Schaffleisch so viel sie wollen.« Es sind noch keine vier Wochen, dass er zu Besuch bei Ali-Faras war. Ali-Faras ist das Haupt des Stammes Sedjer. Ali-Faras ist viel reicher als er, Husseini. Trotzdem er in einem Zelt wohnt und nicht in einem steinernen Haus. Was für schöne Frauen er hat! Ali-Faras jüngste Frau hat ihn in ihr Kleid eingehüllt, im Vorbeigehen, das ist die Liebesaufforderung der Beduinenfrauen. Husseini hat nicht geantwortet auf ihr Liebesbegehren, denn wer würde um einer Frau willen die Feindschaft des ganzen Stammes auf sich ziehen? »Die andere, die Jüdin, fordert mein ganzes Leben.« Wieder ist er in Gedanken bei Maria, und um Marias willen fragt er weiter.

Selim erzählt von der internationalen Arbeiterpartei, er tut dies auf seine Weise. Seiner Auffassung gemäß und dem Verständnis seines Zuhörers angepasst. Wozu in den Straßen von Damaskus über die Parteispaltungen der Zweiten oder Dritten Internationale sprechen? Sie können viel einfacher direkt nach Moskau, zum Ziel kommen! Denn Selim hat seinen Pariser Freunden versprochen, Propagandaarbeit zu tun. Er tut sie so wie einst Johannes der Täufer. Er spricht von Gerechtigkeit in den Worten der Bergpredigt, und Marx ist für ihn die Mystik der Lehre. Lenin hat er irgendwo einmal gesehen, und dass er Zeuge war, lässt ihn hier leben mit einem Gefühl der Gehobenheit und Sicherheit der Wirkung. Oft hat er mit Husseini, dessen Blick und Aussehen dazu verführen, von diesen Dingen gesprochen, und immer hatte er gefühlt, dass der Hörende taub sei. Heute zum ersten Mal ist dies anders, wenn es auch dumpf ist und weit.

Husseini aber schweigt und hört und denkt. Er fühlt, es geht um die Ruhe und Sicherheit seines Lebens. Aber auch um seine Erhöhung in ein nie Geahntes. Es war gut, ein Angelangter zu sein, ein Erbe. Ehrfurcht und Gottesglaube, sie alle verlangten von ihm nichts anderes, als weiter so zu tun, wie er bis jetzt getan, auch, dass es ihm wohlergehe auf Erden. Seine Weiber, von denen er glaubt, dass sie ihn lieben. Seine Söhne, die fortsetzen sollen, was sein Vater begonnen, und er in der Mitte. Wirksam, glücklich und froh. Dies alles ist nun bedroht von Gespenstern und von den Worten dieses Mannes, auf den er bis jetzt mit duldsamer Freundlichkeit geblickt hatte.

Husseini steht auf, er will das Kleid aus grünem Samt mit silbernen Litzen kaufen für Silla, und breite, silberne Spangen für Ruchna und Leila. Auch Selim steht auf und lächelt. Er weiß, diesmal ist der Keim eingedrungen, der rasche Aufbruch bezeugt es ihm: »Komm wieder, Husseini, meine Spangen sind breiter als die breitesten in Damaskus, und ganz neue Zeichen habe ich hineingeschnitten!«

*

In Cherut tanzt man. Herbert hat seinen Brief geschrieben, und Tanja ist gekommen. Sie tanzen Hora, die manchmal ekstatisch wird, und heute ist sie es. Erschöpft ist Maria aus dem Kreis getreten und hat Tanjas Hand auf Herberts Schulter gelegt. Beide fühlen, dass dies ein Symbol ist, und lassen bestürzt voneinander. Rhythmus und Schwung der Hora erfüllen den Raum. Das Atmen der Tanzenden wird schwer, und ihr Gesang geht stoßweise im Takt wie ein Keuchen. Gemeinsam öffnen Tanja und Herbert den Kreis, lassen sich mitreißen. Marias Blick fällt immer wieder auf die beiden, denen sie Dritte zu sein nicht mehr gewillt ist. Ihr Leben in der letzten Zeit ist ein wägendes Abschiednehmen. Alles, was geschieht, wird von ihr gelebt und verzeichnet. Nochmals wird sie das Bekannte, Beschützende verlassen müssen und unbewehrt in den Kampf gehen. Vieles ist hier von dem erreicht worden, was ihr als Traumbild einer Gemeinschaft in Gerechtigkeit vorschwebt. Hier sind die Schwachen die Herrschenden, und verteilt werden die Dinge nach Notwendigkeit und nicht nach Verdienst. Aufgeladen wird dem, der tragen kann, und geschützt der, der schwach ist. Die blonde Tanja, zart, mit ihrem weichen Haar und ihren weichen Bewegungen, sie wird ausharren und vielleicht dieses Leben ertragen und bezwingen. Als Tanja die Gemeinschaft verließ, eines Mannes wegen, verurteilte sie Maria in ihrem Herzen. Sie dachte: »Es ist verächtliche Schwäche, aus unglücklicher Liebe zu fliehen. Wenn Tanja an Gemeinschaft glaubt, so muss sie ihr Liebesleben hier verteidigen und darf nicht davonlaufen.« Aber einmal nur hatte sie mit ihr gesprochen und auch nicht gewagt, wirklich daran zu rühren, weil sie ja mit im Spiel war. In den Tagen, da sie glaubte, dass sie Herbert ein Kind gebären würde, war es ihr eine Erleichterung gewesen, dass Tanja in Haifa war. Sie konnte ruhiger mit Herbert sein, wenn die Furcht, Tanja wehzutun, nicht so lebendig war. Heute wünschte sie die beiden zusammen, weil ihr Mitleiden mit Herbert gemildert wird durch den Gedanken, Tanja, die Liebe und Schöne, wird ihm helfen zu vergessen: »Ich bin doch noch ganz lebendig in Cherut. Nichts berechtigt mich noch, Cherut zu verlassen. Nichts habe ich noch von dem erreicht, was ich erreichen will.«

Und Maria nimmt Abschied innerlich. Sie beginnt sich aus diesem Kreis, der ihr alles war, zu verbannen. Aber ihr Körper, ihre Sinne sind noch hier, während ihre Seele schon dem Geliebten zueilt. Seltsam mischt sich Liebe und Leben, Großes und Alltägliches:

»Nur die Mädchen haben zwei Leintücher, ich muss es fertigbringen zu beweisen, dass auch die Männer ein zweites Leintuch haben müssen, dass es ohne das nicht geht. Ich muss aber auch die unmögliche Rechnung errechnen, dass man für das gleiche Geld statt eines zwei Leintücher machen kann.« Mitten im Raum, in dem keuchend getanzt wird, in der Erregung der Tanzenden durch Rhythmus und Takt, ergriffen von dem, was ihr Leben verändert, versinkt Maria in Berechnungen über Preise von Leinen, Breite des Stoffes, Länge der Betten und Taktik eines Kampfes, dessen Sieg noch ein Leintuch für die Kameraden ist. Denn das bedeutet etwas mehr Sauberkeit und etwas weniger Furcht vor Hautkrankheiten, unter denen sie alle litten. Erinnert sie sich doch mit Grauen an den Eindruck, den die vielen Verbände auf sie machten, als sie das erste Mal das Lager betrat. Denn alle diese Mädchen und Jungen, die aus dem Gymnasium Osteuropas zu den Straßenbauten Palästinas gekommen sind, bekamen von jedem Mückenstich Blasen. Staub und Hitze tun das ihrige dazu, um eitrige Wunden daraus werden zu lassen. Viel Schmerzen und Missstimmung sind die Folgen. Es lohnt sich also der Kampf um das Leintuch. Solcher Kämpfe wird es viele geben, aber so sieht der Kampf in dieser Gemeinschaft aus und so wahrscheinlich in jeder anderen, wenn auch nicht so geradeaus gegen die lächerlichen Kleinigkeiten.

Erschöpft tritt Tanja aus dem Kreis der Tanzenden. Maria und Tanja, die so viel aneinander denken, deren

Leben verknüpft ist durch die Gemeinschaft, durch die Idee und durch den Mann, verlassen gemeinsam den Raum, um miteinander zu sprechen. Mehr als zehn Minuten gehen sie vom Esszimmer bis zum Stall und vom alten Stall bis zum Kinderhaus, ohne dass eine sich entschließen kann, den Mund zu öffnen. Dann ist es Tanja, die beginnt: »Ich weiß, wie du über meine Flucht denkst. Wie denkst du über meine Wiederkehr? Die Monate in Haifa waren schwer und waren gut. Es ist gut zu wissen, dass man sich sein Brot durch seiner Hände Arbeit verdienen kann. Auch für ein neues Kleid und eine Masche. Wenn es auch fürs Kino höchstens einmal in der Woche langt. Was habe ich durch Sehnsucht gelitten! Ich glaubte, dass ich Herbert nie wiedersehen werde und dass es sich nicht lohnt zu leben ohne Herberts Nähe. Ich bin genügsam geworden durch Hunger. Als ich seinen Brief bekam, in dem er schrieb, dass ihm Ähnliches geschehen, war ich eins mit ihm, nur ihn trösten und ihm helfen wollte ich. Ich bin sicherer geworden in der Zeit, während ich nicht in Cherut war. Was Herbert niedergedrückt hat, haben andere aufgerichtet. Meine Sicherheit als Weib ist größer geworden, und ich glaube nicht mehr, dass es mich beleidigt, wenn mich Herbert nicht lieben kann. Denn hier geht es nicht um Werte. In den wenigen Monaten habe ich gelernt, meinen Wert nicht von meinem Erfolg als Weib bestimmen zu lassen. Weißt du, wie ich von hier ging? Ich schämte mich, meine Augen aufzuschlagen und dem Blick eines Kameraden zu begeg-

94

nen, weil Herbert kein Kind von mir wollte. Er hatte mein Urteil gesprochen, und es schien mir, als wisse jeder um meine Schmach. Als ich nach Haifa kam und Arbeit suchte, war mir keine schwer genug, um meine Kräfte zu belügen, keine zu schlecht bezahlt. Die Kameradinnen haben mir viel geholfen. Erst mit Wohnung und mit Brot, dann mit Arbeit und Hilfe zu Erkenntnis. Jetzt wird es mir schwer werden, hier in Cherut zu bleiben, in dem engen Kreis der Sektiererkommune. In dem Kampf um Geringes täglich, trotzdem ich weiß, wieviel dies bedeutet. Im Anfang habe ich versucht, mir Interessen vorzulügen, um mein böses Schicksal des nicht Genug-Geliebt-werdens zu vergessen und zu überwinden. Später sind die Lügen zur Wahrheit geworden. Erst als Herberts Brief kam, sah ich, wie sehr ich ihm verhaftet bin und wie sehr verfallen. Ich muss so offen zu dir sein, Maria, wie ich es bis jetzt nicht einmal zu mir war. Aber du kannst nicht antworten auf diese Dinge. Du bist eine von den Frauen, um die Männer ihr Schicksal formen. Sage nicht, dass du nicht schöner bist, nicht jünger. Es sind Kräfte, die dir gegeben sind und mir nicht, trotzdem ich eine schöne Frau bin. Ich war in Gefahr, mich zu verlieren, mich einem ungeliebten Manne zu verbinden, nur um mir das Gegenteil zu beweisen. Eine Nacht hat genügt. Ich weiß jetzt, dass mein Selbstgefühl mehr braucht. Vielleicht werde ich ein Kind von ihm gebären, vielleicht werde ich dann wissen, dass Glück und Unglück auf einer Ebene liegen. Werde lachen über meine Verzweiflung. Dann wird das Glück aus anderen Quellen kommen.«

Maria hörte und schwieg und dachte an ihr von Tanja beneidetes Frauenschicksal: »Ich will auf alle Ruhe und Sicherheit verzichten, auf alles Glück als Frau, weil das Unerfüllbare mich lockt. Es ist die Gewissheit in mir, dass mir Erfüllung gegeben ist, wenn ich auch die Wege nicht weiß meines Schicksals.« Diese Gewissheit ist wie ein Licht in tiefer Finsternis, blendend und lockend und wieder verschwindend. Marias Geist riss sich vom Licht, das ihr aus dem Dunkel leuchtete, los. Cherut, die Kochtöpfe, die Kameraden, das Kinderhaus verdeckten noch einmal das Lächeln Husseinis: »Ich kämpfe, Tanja, und mein Kampf verliert langsam seinen Inhalt. Du bist Herberts wegen zurückgekommen. Ich weiß nicht, wie das sein wird, aber du bist stärker geworden als du warst, und Herbert ist menschlicher und schwächer geworden. Aber ich will offen mit dir sein, Tanja. So offen, wie ich es mit mir bis heute nicht war. Cherut und der Kampf in der Gemeinschaft haben bis jetzt in meinem Leben so sehr allen Raum genommen, dass ich taub und gefühllos war für die ganze Welt. Hier, so schien es mir, müsste ich die Welt bauen, und wenn es hier nicht gelingt, dann ist es eben für immer nicht gelungen. Ich konnte das Lachen über meine Leidenschaft nicht ertragen, denn meine Leidenschaft setzte ich mit meinem Leben ein. Es ist so viel in diesem Leben, das Ton und Farbe des Unbezwinglichen hat. Hier wird der Wahnsinn der Idee materialisiert. Weil wir aber Menschen sind, gemischt aus allen Farben, und jede Tat und jedes Tun die Farben zerlegt, ist es manchmal grau um mich. Wenn ich Cherut verlasse, Tanja, werde ich glauben, dass ich es der Idee wegen tue. Aber es wird ein Aufgeben und ein Zurücknehmen sein. Es entspricht mir zu kämpfen, und wenn ich darauf verzichte, tägliche Resultate zu sehen, ich verzichte nicht auf die Zukunft. Tanja, ich liebe Cherut! Es ist mir gut hier. Du weißt ja auch, wieviel noch zu tun bleibt, ehe die kleinen Dinge, aus denen dieses Leben besteht, getan sind. Wie essen wir, Tanja, wie leben wir, wie wenig tätige Liebe ist hier zwischen uns! Wie sehr ist unser Leben Kampf des Einzelnen gegen die Gemeinschaft für seine Interessen statt Kampf für die Interessen der Gemeinschaft geworden! In mir ist der Wille für die Gemeinschaft noch stark, und meine Interessen sind noch nicht verschieden von den Interessen der Gemeinschaft.«

Maria holte Atem, er ging stoßweise. Das Lächeln Husseinis leuchtete durch die Nacht und verdeckte Cherut: »Ein Mann ist in mein Leben eingebrochen, Tanja. Da ist alles andere blass geworden. Ein Mann, dessen Lächeln meine Welt in Licht taucht. Kein Weg führt zu ihm, Tanja! Sogar von ihm zu sprechen, ist mir schwer. Alles hat sich verändert, ich lege anderes Maß an alles, was geschieht, und werte es anders. Sind wir doch gewohnt, viel von uns zu fordern und nah der Zukunft unsere Gegenwart zu verwenden! Es ist dumm von mir, Tanja, so kalt und gleichnishaft zu sprechen, und unmöglich, Ungeschehenes zu nennen. Der Mann ist Husseini aus Bethschan. Wir haben kein Wort miteinander gesprochen. Wie denn auch? Wir haben doch keine gemeinsame Sprache. Versuche nicht zu lachen, Tanja, ich könnte es nicht ertragen. Ich werde Cherut verlassen müssen, damit wir uns irgendwo am Wege treffen können. Es ist lächerlich, an Wunder zu glauben und daran, dass es genügt, sich anzusehen, um alles voneinander zu wissen, was nötig ist. Und die Bereitschaft, füreinander zu leben, zu erkennen. Ich glaube, dass Husseini mich suchen wird, obwohl ich mir nicht vorstellen kann, wie das geschehen wird. Ich muss ihm entgegengehen, Tanja.«

*

Husseini hatte Silla das Kleid aus grünem Samt mit den silbernen Litzen von seiner Reise aus Damaskus mitgebracht. Ruchna hatte gelächelt, und Sillas Freude ist sehr durch Angst getrübt. Leila sitzt mit einer großen Schachtel Baklava in ihrem kühlen Zimmer, neben sich die Kinder, die auch etwas bekommen, sehr zufrieden mit sich und ihrem Leben. Ruchna hat die Spangen in ihren Schmuckkasten geworfen und auch dazu gelächelt. Ein Lächeln voll Verzweiflung. Sie, die ihre ganze Klugheit und all ihr Tun in den Kampf um Husseini stellt, sie fühlt Fremdes. Sie fühlt die Abwesenheit Husseinis auch von Silla: »Er denkt nicht an Silla, sonst würde er doch nicht der Jüngsten das größte Geschenk gebracht haben. Er muss doch wissen, dass sie es mit Qualen bezahlt.« Ruchnas Klugheit genügt hier nicht. Nichts, was im Haus geschieht, bleibt hier verborgen, aber im Haus ist nichts geschehen. Nichts hat sich verändert, seit er nach Damaskus fuhr. Ruchna versucht Leila zu fragen und weiß, dass es unnütz ist. Sie nähert sich Silla freundlich, und Silla ist beglückt und küsst ihre Hände. Silla sagt alles, was sie weiß, nichts ist daraus zu erkennen. Ruchna, die Liebende, fühlt die Sehnsucht im Blick und Wesen des Husseini und sucht das Ziel dieser Sehnsucht.

Husseini merkt nichts von alldem. Ist er es doch nicht gewohnt, Gedanken mit seinen Frauen auszutauschen. Als er es, sich unbewusst, doch tut und Silla von Selim zu erzählen beginnt, hat Silla nicht recht hingehört und durch Liebkosungen zur Beschleunigung der Liebe gedrängt. Nicht aus Ungeduld, sich ihm zu geben, sondern aus wahrhaftiger Liebe und Freundschaft zu Ruchna, deren ihr unverständliche Leiden sie abkürzen will!

Als Ruchna am nächsten Tag Silla zu fragen begann, hatte Silla zunächst nicht daran gedacht, dann aus Zartgefühl geschwiegen und erst einige Tage später nebenbei gesagt, Husseini hätte etwas von Selim erzählt. Liebe zwischen Männern ist im Morgenland nichts, was man verbirgt – nichts, wessen man sich schämt. Da alle Gedanken sich um den Liebesakt bewegen, ist es nur natürlich, dass Ruchnas Verdacht sich auf Selim legt. Der Mond ist ebenso nahe wie Damaskus und Selim. Es wird viel Zeit vergehen, ehe

Husseini wieder nach Damaskus fährt. Wenn Husseini sich nach einem Mann sehnt, dann allerdings ist Ruchnas Hoffnung, sich Husseini wieder zu erobern, gering genug geworden, und dann hält sie nichts mehr in diesem Haus. Sollen Leila und Silla gute Frauen bleiben. Leila ist faul, und Silla ist dumm.

Ruchna ist schön und klug, und Ruchna tanzt alle Tänze, die man sie gelehrt hat, und neue, die sie selbst erfunden. Auch die Familie ist kein großes Hindernis. Den Brüdern wird sie Geld geben, dafür werden sie zu ihr stehen und sagen, es sei ihr im Hause des Husseini nicht Genüge geschehen. Aber was kümmert dies alles Ruchna, wenn sie es aufgibt, die geehrte Frau eines geehrten Mannes zu sein! Damit rückt auch der Mond näher und Damaskus und Selim. Sie wird Selim berücken und verführen, er wird Husseini nicht mehr lieben, und Husseini wird zu ihr zurückkehren. Sie wird verschleiert zu ihm kommen – ganz neu, eine Houri, der er nicht wird widerstehen können. Oh, wie wird sie ihn küssen und lieben! Dabei fängt sie bitterlich zu weinen an, weil ihr einfällt, dass sie, um dies alles tun zu können, auf lange Zeit das Haus des geliebten Mannes wird verlassen müssen und Husseini nicht sehen können. Sie beginnt auch zu zweifeln, ob es ihr gelingen wird, Selim begehrenswerter zu sein als Husseini. Sie ruft sehr laut und verzweifelt nach Silla, die erschrocken herbeiläuft.

Silla verspricht, sie werde Husseini nach Selim fragen und jetzt, nachdem sie weiß, wie wichtig das für Ruchna ist, gewiss nicht vergessen, was Husseini sagt. Sie erinnert sich nicht, aber sie versichert Ruchna immer wieder, dass es eine andere Liebe sei, von der Husseini gesprochen, gewiss nicht von Küssen und Umarmungen. Ob Husseinis Umarmungen so gewesen seien wie immer, fragt Ruchna. Silla sagt nein und stößt damit Ruchna in neue Verzweiflung. Ihr Recht an ihm verlangen, nur um zu wissen? Welche Beschämung! Auch liebt sie ihn zu sehr, um das zu können. Leidende Liebe im Hause eines arabischen Kaufmanns – es ist so gegen Sitte und Verstand. Die Frau ist, solange sie jung ist, immer die Begehrte, und wenn sie es nicht ist, so ist doch jede klug genug, um so zu tun, als läge es nur an ihr, dass dem so ist.

Husseini, beschäftigt mit sich selbst, spürt nichts von dem, was in seinen Frauen und in seinem Hause vor sich geht. Sonst war es seine tiefe Ruhe, die alle in seinem Hause ruhig hielt. Sein Lächeln, das allem Glanz verlieh und Bestand. In dem Augenblick, in dem sein Sinn nach außen gerichtet war, weg von seinem Haus, fingen die gehaltenen Dämonen an, sich leise zu regen. Leila, die Behagliche und Zufriedene, wird die erste, die klagt, und sie hat Grund zu klagen. Ruchnas Unruhe ist es, die ihr die Ruhe nimmt. Ruchna weint tagelang bei dem Gedanken, dieses Haus zu verlassen, und der Gedanke nimmt immer mehr Gestalt an. Den geliebten Mann zu gewinnen, muss sie ihn verlassen, um ihn auf seinen Wegen zu finden. Nur dass sie seine Wege nicht kennt und keinen Zugang sieht, sie kennenzulernen! Silla fragt und fragt und berichtet sinnlose Worte, die in den beiden

Frauen Angst erregen, weil sie nahezu keine Begriffe damit verbinden. Husseini spricht von ungerechtem Leben: »Kulloh min Allah!« Wo gibt es da Gerechtigkeit? Aber vielleicht ist es, weil er einen Mann liebt! Nein, sagt Silla. Mit dem Mann, mit Selim, dem Silberschmied, hat er nur gesprochen. Selim ist ein Weiser, einer der in der Welt herumgewandert ist. Er lebt nicht von den Gaben der Frommen, er sitzt nicht im Vorhof der Moschee in Damaskus. Er ist ein Silberschmied, und die wunderschönen Fußspangen, die Husseini gebracht, sind seine Arbeit.

Nun läuft Ruchna und holt die Spangen, um daraus etwas über Selim zu erfahren. Jetzt erst sieht sie es. Die Spangen sind viel schöner und ganz anders als alle, die sie bisher hatte. Vielleicht sind die Zeichen Symbole eines Glaubens, den sie, Ruchna, nicht kennt? Vielleicht ist Selim ein Christ und will Husseini bekehren? Dagegen ist Ruchna ziemlich gleichgültig, aber es bringt Schande. Das weiß Ruchna, denn in ihrer Familie gibt es Christen. Sie wird mit den Spangen zur Mutter Husseinis gehen und fragen, ob es nicht Dämonenzeichen sind. Vielleicht ist Selim Herr über Dämonen? Dann muss man Husseini vor ihm schützen. Ruchnas Herz krampft sich zusammen im Bewusstsein ihrer Machtlosigkeit. Warum hat Allah diese verfluchte Liebe in sie hineingelegt, wenn nur, nur, nur Schmerzen daraus werden? Die Mutter Husseinis kannte diese Zeichen nicht und frug eine noch ältere und noch weisere Frau. Die fand bei einem der Zeichen, dass es ein Dämonenzeichen sei. Sie lehrte die Mutter die Beschwörungen. Schon am nächsten Tage richteten alle vier Frauen gemeinsam ein großes Fest aus, sangen und tanzten, die alte Frau groß und würdig vor ihnen herschreitend, sich wiegend und beugend, manchmal die Arme in die Höhe werfend durch alle Räume des Hauses. Die Mutter voran und hinter ihr die drei Frauen des Sohnes. Es ist wahr, die Beschwörung wirkte, und wenigstens für eine Zeit kehrte Ruhe und Frieden in das Haus des Husseini wieder.

*

In dieser Zeit ist Kampf und Unruhe in Cherut und im Leben Marias. Maria will in Cherut bleiben trotz Husseini und gegen ihre Liebe. Sie hatte lange mit Tanja gesprochen, und Tanja hatte ihr das Versprechen abgenommen zu versuchen, ob nicht doch die Gemeinschaft und das Leben in der Gemeinschaft stärker seien als der Schatten dieses Mannes. Ihre Aktivität beginnt Maria mit der Arbeit in der Küche. Dies ist ihr, Marias, Tanz zur Beschwörung der Dämonen. Alle Menschen wissen, dass Suppen, Hülsenfrüchte und Reis mindestens dreimal in der Woche angebrannt sein müssen. Maria hasst angebranntes Essen. Sie glaubt, Menschen, die schwer arbeiten, müssten unbedingt das karge Essen, das sie bekommen, so bekommen, dass sie es mit Lust und nicht mit Widerwillen genießen. Aber das ist auch alles, was sie weiß, und das wissen die anderen auch. Sie weiß auch, wie viel Tränen und verstörte Nächte jedes verdorbene Essen die Täterinnen kostet. Sie beginnt alles zu untersuchen, warum Suppe anbrennt und warum nicht. Resultat: Sie verlangt neue Töpfe. Man lacht sie aus. Jedes Mal, wenn jemand frisch in die Küche kommt, verlangt er neue Töpfe. Maria macht Szenen und Streiks um neuer Töpfe willen, und Maria bekommt neue Töpfe. Also, eine kurze Zeit ist es geglückt. Unter den Unglücksfällen, um die sie während ihres Küchendienstes weint, ist kein angebranntes Essen.

Der Dienst in der Küche ist Pflichtarbeit von sechs Wochen. Maria schlägt vor, die Zeit zu verdoppeln, um die Erfahrung zu vergrößern. Vor allem die Frauen, aber auch die Männer wehren sich mit allen Kräften, die verhasste Arbeit länger als sechs Wochen zu tun. Maria meldet sich freiwillig für ein halbes Jahr, und so hat sie sich für ein halbes Jahr festgelegt. Man lacht über sie und bewundert sie. Unterdes sind die neuen Töpfe alt geworden, und Maria hat das Essen anbrennen lassen. Sie ist verzweifelt und noch überzeugter, dass die Töpfe schuld sind. Sie kann es sich nicht verzeihen, dass sie nicht sofort wusste, wann das Material der Töpfe erneuert werden musste. Sie hat gar keine Möglichkeit, an Husseini zu denken, so sehr ist sie in Anspruch genommen von ihren Koch- und Küchenfragen. Außerdem komplizieren sich die Probleme der Gemeinschaft.

Denn zur selben Zeit geschieht es, dass ein Mann und eine Frau ihr Kind für sich verlangen. Sie wollen ihr Kind nachts in ihrem Zimmer haben. Die Folgen dieses Wunsches sind so unerwünscht, unerwartet, unermesslich. Die Gemeinschaft teilt sich in zwei Teile. Der eine Teil lehnt die Familie grundsätzlich ab. Dass die Gemeinschaft für die Kinder sorgt, ist von vornherein gegeben. Es handelt sich also um die Freiheit, um die vollkommene Freiheit der Beziehungen zwischen Mann und Frau. Allen ist klar, dass ein Kind im Zimmer stärker und unzerbrechlicher bindet als Standesamt und Geistlicher. Die beiden, deren Kind noch kein Jahr alt ist, wünschen ihr Kind bei sich zu haben. Der Vater kämpft um seine Beziehung zu seinem Kind, er sagt, er müsse mit seinem Kind, ohne einen dritten, Aug in Aug allein sein. Nur sein Intellekt wisse um seine Vaterschaft, nicht oder noch nicht seine Seele.

Maria, die leidenschaftlich Anteil nimmt, ist gegen beide. Sie will nicht, dass ein Kind aus dem Kinderhaus genommen wird. Ungleichheit, Neid und Hass werden sonst auf ein Gebiet getrieben, wo alles schwerer wiegt, wo nichts erduldet werden kann. Dies, so meint sie, müsse die Gemeinschaft brechen. Aber ihre liebende Seele fühlt mit den Liebenden. Nicht umsonst hat sie Kinder gepflegt und mit seltsamer Andacht gesehen, wie solch ein Vater seinen freien Tag an dem Bett seines noch stummen Kindes verbrachte, versunken in den Anblick. Damals hatte auch sie gefühlt, hier dürfe kein Zeuge sein. Sie hatte es nicht gewagt, den Dienst am Kinde zu tun, um die Andacht nicht zu stören. Während sie also dem Vater sagte: »Verzichte!«, sah sie die Größe des Verzichts noch gesteigert durch ein quälend fragendes: »Wofür?« Und wenn man damit begann, gab es kein Ende. Oder im Gegenteil: Das Ende war das Ende der Gemeinschaft. Und weil nun ein Teil wirklich so tat und die Gemeinschaft verließ, blieb Maria – aus Empörung gegen den Verrat.

In diese Zeit fiel es auch, dass Herbert seinen immer wieder verworfenen Plan, nach Europa zu fahren und Medizin zu studieren, wiederaufnahm. Tanja wollte und sollte mit ihm fahren. Für Maria war dies trotz allem sehr schmerzlich. Die endgültige Entscheidung, der Verzicht auf Herbert, tat ihr bitter weh, der Gedanke an Husseini machte hier nichts leichter. Sie sah sich vereinsamt und allein. Nur mit Ideen behaftet, wie sie selber sagte, denen sie nicht entrinnen konnte. Nichts zu verlieren zu haben, ist aber wohl die größte aufrührerische Triebkraft. Und so steigerte sich die Entwicklung Marias in dieser Zeit so, dass die Kameraden darüber zu sprechen begannen. Und endlich sprachen sie: Maria Roths politische Überzeugung falle aus dem Rahmen der Gemeinschaft in Cherut und fange an, für die Gemeinschaft gefährlich zu werden.

*

Ruchnas Unbefriedigtsein wurde umso schmerzlicher, als die Dämonen ja aus dem Haus vertrieben waren und die Götter ihre Hilfe versagten. So will sie noch einen letzten Versuch machen, Husseinis Liebe zu erringen. Aber dieser Versuch ist mit Gefahr verbunden. Sie muss selbst die gelben Liebesäpfel vor Sonnenaufgang pflücken. Das heißt, die Frau des Kaufmanns von Bethschan, Husseinis Frau, muss die Nacht in den Feldern verbringen. Muss allein bis zu den Weingärten der Juden gehen, dort wachsen sie. Muss sie pflücken und, bevor die Sonne am höchsten steht, Husseini zu essen geben. Weist der Mann die Frucht zurück, dann wird wohl kaum eine Frau im Hause dieses Mannes bleiben und sicher nicht Ruchna. Nun ist es aber so, dass diese wundervollen, gelben Früchte mit ihrem hinreißenden Geruch ein schweres Gift enthalten. Sie verursachen heftige Schmerzen, ein tagelanges Irresein und Sichverfolgtfühlen sind die bekannten Folgen. Wenn nun ein Mann den Apfel, den ihm eine Frau reicht, nimmt und in ihrer Gegenwart isst, tut er dies nur dann, wenn seine Liebe zu dem Weibe größer ist als sein Verstand. Die Frauen von Bethschan wissen alle, dass das Mittel unfehlbar ist. Sie wissen aber auch, dass man es nur im höchsten Notfalle anwenden darf und dass es dann entscheidend ist.

So kam es auch, dass die beiden Frauen, die Husseini liebten, einander sahen, und wenigstens Maria, die ja sonst keine Verbindung mit Bethschan hatte, ahnte, dass es die Frau des Husseini sei, die Dudaim pflückte. Maria war noch im Dunkeln in den Weingarten gelaufen, um für die Leute, die ins Feld gingen, Trauben zu holen und sie ihnen mitzugeben. Das durfte sie im Grunde nicht, denn die Frauen, und vor allem die Frauen von Cherut, dürfen nicht vortags allein ins Freie, die Gefahr ist zu groß. So war sie atemlos gerannt und ging hastig von Weinstock zu Weinstock, ihre Körbe füllend. Am Zaun zum Berg sieht sie plötzlich eine schöne und gutgekleidete Araberin. Sie war eingeschlafen, und nun will sie, durch das Geräusch geweckt, hastig und verzweifelt fliehen. Als Ruchna sich diesem schmalen Mädchen in Männerhosen, mit kurzgeschnittenem Haar und den weit auseinanderstehenden Augen gegenübersieht, verschwindet nicht nur ihre Furcht, sondern sie fühlt sich überlegen und herrschend, denn unzweifelhaft sieht dieses Mädchen aus wie Silla. Seit Ruchna denken kann, hat sie über Silla geherrscht und sich in ihrer vollen Weiblichkeit dem knabenhaften Mädchen überlegen gefühlt. So nimmt sie dann mit hoheitsvoller Geste die Trauben, die ihr Maria anbietet. Maria, verwundert, dass die Frau allein ist, hat ihren anfänglichen Schrecken überwunden und versucht, ihre paar Worte Arabisch zu einem Gespräch zu benutzen. Dies gelingt sehr mangelhaft. Sie zu fragen, ob sie die Frau des Husseini ist, davon hält sie ihr guter Instinkt ab. So gehen die beiden ihre entgegengesetzten Wege, sehr beschäftigt mit demselben Mann.

Ruchna ist nach Hause gekommen, ohne gesehen zu werden. Sie ist zu Husseini gegangen und hat ihm die Früchte angeboten. Husseini hat sie angenommen und in ihrer Gegenwart gegessen. Nun liegt er betäubt in seinem Zimmer. Ruchna sitzt neben ihm, freudig, besorgt und voll Hoffnung für die Zukunft. Bis Husseini aus seiner Bewusstlosigkeit zu sprechen beginnt. Er spricht von dem jüdischen Weib, zu dem kein Weg führt und dem er sich angelobt hat. Ruchnas Herz krampft sich zusammen in Entsetzen: »Freilich hat der Zauber gewirkt.« Wie konnte sie einen so schrecklichen Fehler begehen! Es waren die Augen jenes Weibes, die auf den Früchten geruht hatten, und die Wirkung ist augenblicklich eingetreten. Ist sie denn verrückt gewesen? Sie wusste doch genau, dass kein anderes Weib und kein anderer Mann die Früchte sehen durfte! Sie hat jene Jüdin nicht zu den Weibern gezählt! Alles ist für Ruchna verloren. Sie, sie selbst hat Husseini in das Herz dieser fremden Jüdin geworfen.

Husseini war tagelang krank. Ruchna halb verrückt, bis sie den Entschluss fasste, das Haus des Husseini zu verlassen, um Buße zu tun für ihr schweres Vergehen gegen die Götter der Liebe und gegen Husseini. Husseini hat Ruchnas Gabe angenommen und die Früchte gegessen, weil er lieber leiden wollte als dem Weib, das er einstmals geliebt, Scham und Leid antun. Er ist sich seiner Lage und des Zwingenden in seinem Leben viel bewusster geworden. Er weiß, dass jeder Tag ihn nach Erfüllung seines Versprechens drängt. Jeder Tag ihm das Leben, wie er es gewohnt war, unmöglicher macht. Er hat auch aufgehört, ein guter Kaufmann zu sein. Wie soll einer auch ein guter Kaufmann sein, wenn er über Recht und Unrecht grübelt? Wenn die Arbeit, die andere tun, ein Problem wird? Aber es ist nicht leicht, aus der Kette des Geschehens auszubrechen. So gehen die

Dinge, wie ein Rad sich weiterdreht, wenn es einmal im Schwung ist. Aber die Drehungen werden schwächer, und wenn Husseini sich jetzt gefragt hätte, ob er mit seiner Arbeit ein Haus für Maria bauen könnte, er hätte es verneinen müssen.

Noch hatte sich in seinem Haus nichts geändert, denn die Bedürfnisse Sillas und Ruchnas an Speisen waren nicht groß, und Schmuck und Kleider waren aus den guten Zeiten in großen Mengen vorhanden. Nur Leila, die Süße, klagte um Süßigkeiten. Daran aber waren alle gewohnt und konnten sie ja in beinahe befriedigender Menge bekommen.

Husseini hatte auch einmal eine Zusammenkunft von Arbeitern besucht. Eisenbahner versuchten Leute, die bei den Ausgrabungen arbeiteten, zu gemeinsamen Forderungen zu organisieren. Alle hatten misstrauisch auf ihn geblickt. Was wollte Husseini, der reiche und gesicherte Kaufmann, zwischen Arbeitern? Er versuchte, sich ihnen verständlich zu machen, sah aber ein, dass er untertauchen müsse, um hier mittun zu können. Einfach, wie er war, wusste er auch, dass der Kampf um Gerechtigkeit mit dem Kampf um Brot beginnen müsse, und noch war er fett vom Mangel der anderen.

Einige Male wollte Husseini nach Cherut gehen, um Maria, wenn auch aus der Ferne, zu sehen. Immer hatte er es gelassen, weil er sich fürchtete. Er hatte Furcht, Maria zwischen Männern, denen sie angehörte, zu sehen. Seiner Meinung nach waren die Frauen auch in Cherut Eigentum der Männer. Er konnte es sich auch umgekehrt vorstellen, denken, dass die Männer Eigentum der Frauen sind. Aber undenkbar ist für ihn die freie Beziehung zwischen Mann und Frau. Er hatte einige Male Ali gefragt, aber so vorsichtig darauf bedacht, keinen Verdacht zu erwecken, dass er nur weniges erfahren hatte. Die Juden in Bethschan haben Ehegesetze, die von denen ihrer Umgebung fast nicht abstechen. Freilich, ein junger jüdischer Mann zahlt nicht dem Vater der Frau. Aber der Vater der Frau merkt sehr genau auf, dass die Geschenke, die der Bräutigam der Braut macht, nicht geringer sind als die, die die Braut in jeder Form in die Ehe bringt.

Die jemenitischen Juden in Bethschan tragen sich wie Araber und sprechen Arabisch. Husseini hatte einmal versucht, einen nach seinen Stammesgenossen in Cherut zu fragen. Die Antwort war: »Ihr Tisch ist unrein für uns. Wir essen nicht von ihren Speisen. Ihr Leben ist uns ein Gräuel. Sie haben die Gesetze der Väter gebrochen, und ihre Gesetze sind nicht unsere. Ich wollte lieber, dass meine Tochter dein Weib werde, als das Weib eines der Juden von Cherut.« Er sprach dann noch davon, dass sie keine Reichen zwischen sich dulden und sämtlich arbeiten, Kranke und Schwache ausgenommen. »Dieses ist die Lehre Selims«, sagte sich Husseini. Aber es scheint, dass sie sie auf ihr Haus beschränken – die Gerechtigkeit. Husseini, aufgewachsen in der Lehre Mohameds, lehnt dies sofort ab: »Es gibt keine Gerechtigkeit, außer für alle!« Das wird er Maria sagen. Das

Weib muss ihren Hochmut beugen. Ihr Weg ist ein Irrweg. Wenn sie leben will für die Lehre, von der Selim sprach, dann muss sie Cherut verlassen und mit ihm und Selim zusammen dafür kämpfen. Sobald er in seinen Gedanken soweit ist, sieht er seine Wirklichkeit noch schwärzer, noch unmöglicher den Weg zueinander. Noch ist ihm der Gedanke nicht gekommen, seine Stadt und sein Haus zu verlassen.

Aber Ruchna hat so oft und in so vielen Situationen die Unmöglichkeit ihres Lebens durchdacht und durchfühlt, dass ihre Gedanken lebendig wurden. Ruchna verließ das Haus des Husseini, um Tänzerin zu werden, und Silla, das war das Unfassbarste, ging mit ihr.

*

Wenn eine europäische Königstochter mit ihrem Klavierlehrer das Haus verlässt, so kann das keinen größeren Skandal ergeben als Ruchnas Flucht aus dem Hause des Husseini. Die Wirkung auf Husseini war sonderbar. Ihm war, als hätte er dies und gerade dies längst erwartet, und in den anderthalb Jahren, seit er Maria das erste Mal gesehen, unentwegt das Zittern unter seinen Füssen gespürt. Seiner Mutter, die jeden Fluch auf Ruchnas Haupt fluchte, antwortete er mit Entschuldigungen für Ruchna. Sie erregte sich so sehr über seine Würdelosigkeit und darüber, dass er sich selbst beschuldigte und dieses schlechte Weib in Schutz nahm, dass sie schwer erkrankte und wochenlang mit dem Tode rang. Nie mehr wurde sie gesund. Sie war so gebrochen und mutlos, dass sie auch Leila in nichts stützen konnte. Leila war so tief verwundet, dass Ruchna sie verlassen hatte, so verzweifelt, die süße Geliebte entbehren zu müssen, dass sie anfing, Husseini zu hassen. Auch sie beschuldigte Husseini und nicht Ruchna. So war Husseinis Haus wahrhaftig eine Dschehennah geworden, eine Hölle, für alle mehr als für Husseini, der in seinem Wollen und seinem Fühlen so entfernt von allem war, dass er Leilas Hassausbrüche mit Verwunderung und Mitleid über sich ergehen ließ.

Sein ältester Sohn Jussuf ist so weit, dass man anfängt, eine Frau für ihn zu suchen, und hier ist Unruhe und geschlechtlicher Unfrieden. Wenn Husseini noch eine Frau gekauft und seinen Sohn verkürzt hätte, Leila hätte das gut und in Ordnung gefunden. Aber hier geschehen andere Dinge. Ruchna hatte nichts von den Liebesäpfeln erzählt, aber sie sagte, dass Husseini nicht mehr liebt. Nicht eine von seinen Frauen, auch nicht Silla. Dies sind schwere Vorwürfe. Ruchna hat auch von ihrer eigenen geheimnisvollen Schuld gesprochen. Sie will den Geist der Liebe versöhnen, deswegen muss sie tanzen. Leila wird diesen Tanz nie vergessen. Er war ernst und streng, phantastisch jubelnd und klagend. Silla hatte dazu gesungen. Ihr Lied:

Das Leben ist leer ohne dich!
Husseini!
Mein Herz schmerzt, wie ein
Stein im Schuh, auf langer
Wanderung.

Wenn ich doch schlafen könnte!

Endlos ist die Nacht ohne Schlaf

Und leer

Wie das Leben ohne dich

Husseini!

Sie wiederholte die Worte viele, viele Male und machte mit zwei Glasflaschen Musik dazu. Es waren die Worte der Ruchna, die sich in ihr zu Gesang geformt.

Leila wollte Ruchna umarmen und küssen, und Ruchna wehrte sie ab. Sie ließ sich nicht berühren und sagte: »Ich muss von Ort zu Ort ziehen und tanzen, überall dort, wo für den Liebesgott getanzt wird, bis meine Schuld an Husseini gesühnt ist.« Leila kann nur wenig von alldem fassen. Nur was ihre Sinne rührt. Alle ihre Sinne sind gebunden und gefesselt an Ruchna, und die sollte sie nun durch Husseini verlieren. Sie schrie und weinte. Silla weinte und schrie auch, und Ruchna tanzte mit maskenhaft starrem Gesicht, stundenlang. Bis sie alle ermüdet und erschöpft umfielen. Dies war Ruchnas Abschied von Husseinis Haus. Um ihr kleines Töchterchen kümmerte sie sich gar nicht. Sie schien vergessen zu haben, dass sie es einst geboren. Silla ging natürlich mit Ruchna von diesem Hause fort, war sie doch auch mit Ruchna in dieses Haus gekommen. Außerdem haben diese Frauen so wenig gemeinsam mit dem Manne, dessen Besitz sie sind, wie eben ein Besitz mit dem Besitzer. Die Besessenen aber leben miteinander, und zwischen ihnen sind menschliche Beziehungen, manchmal Hass, aber viel öfter Liebe und tiefe Kamradschaft. Zudem war Silla das Beste in ihrem Leben immer von Ruchna gekommen, wenn auch manchmal mit Püffen und Gezänk. Leid tat es ihr nur um ihren Vater, der vielleicht das Kamel, das er für sie bekommen, würde zurückgeben müssen. Ruchna beruhigt sie und sagt ihr: »Husseini wird das Kamel nicht zurückverlangen, und wenn, dann wird Ruchna für ein neues und schöneres Kamel sorgen.« So ist für Silla alles in bester Ordnung, und so geht sie als singende Begleiterin mit Ruchna in die Welt.

*

Maria war sehr gedankenvoll und sehr rasch mit ihren Trauben nachhause gegangen. Hatte sie dort verteilt und ganz gegen ihre Art nichts von ihrer Begegnung erzählt. Sie steht am Waschtisch, Teller und Töpfe waschend, will Cherut endgültig verlassen. Ihre Arbeit beginnt Früchte zu tragen in jeder Beziehung. Man hört sie an, wenn sie spricht, und es ist schon so, dass man annimmt, ihrem Starrsinn gelängen Dinge, die anderen nicht gelingen. Ihre Träume von Wirkung beginnen sich zu erfüllen. Jetzt Cherut zu verlassen, ist das Grausamste, was sie sich tun kann.

Cherut ist eine Insel. Einer ihrer Freunde aus Europa hat ihr, nachdem er mit Herbert gesprochen, geschrieben: »Maria, ihr seid im Paradies!« Maria hatte gelacht über dieses Paradies voll Fliegen und Skorpionen, Hitze und Malariamücken. Dennoch, jetzt da sie es verlassen sollte, wurde es ihr mit jedem Tag teurer.

Mit jedem Tag schien ihr der Verlust größer, ihre Angst vor der Zukunft stieg. Die Verfolgungen der Kommunisten im Lande nehmen barbarische Formen an. Die Angst vor dem, was in Indien geschieht, hat die englische Regierung nervös gemacht, lässt sie mit Gummiknüppeln gegen Halbwüchsige vorgehen. Maria ist empfindlich und stolz. Es scheint ihr leichter zu sterben als zu dulden, dass man sie schlägt. Damit musste sie rechnen und mit noch Schlimmerem, und die Hoffnung zu siegen war so groß, wie einen fahrenden Eisenbahnzug mit den Händen aufzuhalten. Dennoch musste sie gehen, und nicht nur um Husseinis willen.

So waren ihre Tage und Nächte voll Bitterkeit und Jammer. Auch wegen ihrem Weibtum hatte sie zu leiden. Nach Herberts Abreise hatte Mark sie gefragt, ob sie als seine Frau und nur als seine Frau mit ihm leben wolle, und Maria hatte »Nein« gesagt. Sie litt sehr darunter, dass niemand sie küsste und ihre Nächte noch einsamer waren als ihre Tage. Cherut ist voll von geschlechtlicher Problematik und sexueller Not. Die Zahl der Frauen ist klein, fast alle sind sehr ernste und mit Forderungen an sich und andere übersättigte Menschen. Es gibt keinen Flirt in Cherut. Es gibt kein leichtes Verhältnis, obwohl es weder Ehe noch Treue gibt. Neue alte Erde, neue alte Sitten. Maria sehnt sich sehr nach den Küssen und Umarmungen eines Mannes. Sie denkt nicht daran, Husseini körperliche Treue zu halten, aber in Wirklichkeit tut sie es. Denn jeder Mann hier verlangt das

Hingegebensein der Frau, die er liebt, mehr als ihren Körper. Maria ist hingegeben an die Idee und an Husseini. So hungert ihr Körper nach Zärtlichkeit, und ihre Seele muss sich mit Hoffnungen zufriedengeben.

*

Die Brüder Leilas und Achmed, Husseinis älterer Bruder, hatten sich zusammengetan, um über die Klagen Leilas endlich zu beraten und festzustellen, was Husseini ihr schuldig blieb. Dabei war es zunächst zwischen den beiden Brüdern zu einem schweren Zusammenstoß gekommen. Achmed machte Husseini Vorwürfe wegen mangelnder Fürsorge für beider Mutter, und Husseini hatte dies erregt zurückgewiesen. Denn so sehr er sich auch schuldig fühlte gegen seine Frauen – seine Mutter, die er tief liebte und ehrte, hatte er nicht vernachlässigt. Sie war immer Herrin in seinem Hause gewesen. Achmed verlangte von Husseini, dass er dem Ärgernis ein Ende mache. Dass er alles tue, was Leila verlange, und er schloss mit der Drohung, wenn Leilas Brüder ihre Schwester in ihr Haus zurücknähmen, er sein Recht als älterer Bruder fordern und die Mutter in sein Haus bitten werde. In Sarin lebt noch ein Bruder ihrer Mutter. Er wird den Oheim hierherholen, damit er sein Recht über die Schwester ausübe, und die Mutter auch gegen ihren Willen aus dem Haus Husseinis, in sein, Achmeds Haus, bringe. Denn immer hatte Achmed Husseini die Liebe der Mutter geneidet.

Husseini stand all dem mit viel weniger Betroffenheit gegenüber, als es seiner Liebe zur Mutter entsprach. Die Verwirrung seines inneren und der Zusammenbruch seines äußeren Lebens hatten die Intensität des Empfindens einzelnen Schlägen gegenüber geschwächt. Nur in der Liebe zur Mutter war er zu treffen. Der Kampf mit Achmed, als Vorbereitung auf den Kampf mit den Brüdern Leilas, war vollkommen geeignet ihn zu vernichten.

In dieser Zeit war es ihm niemals wirklich bewusst, dass er, erst vernichtet, frei für Maria würde. Seine Liebe war tief verschüttet. Nur in den Nächten, in seinen Träumen war er mit ihr. Sprach mit ihr über die Umwandlung der Welt. Über den Kampf der Unterdrückten gegen die Unterdrücker. Manchmal wagten sich Gedanken über seinen, Husseinis, Anteil an diesem Kampf aus seinen Träumen in sein Wachen.

Er hatte einen Brief von Selim bekommen. Diesen Brief brachte ein Mann, der die Arbeit in der kommunistischen Partei zu seinem Beruf und zu seinem Leben gemacht hatte. Der Mann, ein Araber wie er, aus einer vornehmen arabischen Familie ausgestoßen, wie es ihm bevorstand, hatte, was Selim begonnen, fortgesetzt. Diesmal war der Acker bereit. So waren sowohl seine innere Anteilnahme wie auch sein innerer Widerstand schwach geworden.

Es waren alle gekommen. Leilas Brüder, Sillas Vater, ein einfacher Fellach, die Brüder Ruchnas, Achmed und Husseinis Oheim Ibrahim. Sillas Vater hätte wohl nie gewagt, an einem Gericht gegen Husseini teilzunehmen, wenn nicht seine Verwandten, die Brüder Ruchnas, ihn dazu gedrängt hätten. Ankläger waren die Brüder der Leila. Verteidiger sollten Achmed und Husseinis Oheim Ibrahim sein. Die beiden hatten von Husseini Klage gegen Sillas Vater und Ruchnas Brüder verlangt. Husseini hatte sich mit allen Kräften dagegen gewehrt. Trotzdem Ibrahim, der ihn liebte, immer wieder sagte, wenn er nicht klage, sei er angeklagt. Und Ibrahim wollte für Husseini zeugen. Die beiden Frauen seien Husseinis Eigen, er habe den Kaufpreis bezahlt, und die Verwandten müssten wenigstens den Kaufpreis zurückgeben, wenn sie ihn schon für die Schmach nicht entschädigen konnten. Aber Husseini hatte den Glauben an sein Recht längst verloren, und in seiner eigenen Sache urteilte er gegen sich. Was Wunder, dass die anderen ihrer Sache sicher wurden. Und die Brüder Leilas waren ihrer Sache sehr sicher. Sie verlangten die Schwester und deren Kinder in ihr Haus. Auf Leilas Wunsch stellten sie außerdem das Verlangen, auch das Töchterchen der Ruchna, Sarah, bei ihr zu lassen, bis die Mutter käme, ihr Kind zu verlangen. Leila, die immer wusste, was sie wollte, hoffte dadurch, die Geliebte zu sich zurück zu zwingen.

Husseini hörte die Anschuldigungen von Leilas Brüdern mit großer Verwunderung. Schuldig war er, denn schuldig fühlte er sich, aber nicht dessen, was man ihm vorwarf. Schon fing er an, sich zu verteidigen. Sie unterbrachen ihn, denn das ist nicht statthaft. Denn sein Bruder Achmed und sein Oheim

Ibrahim verteidigen ihn für Dinge, die er nie getan, und der Eifer seines Bruders vor allen war gering. So wurde Schande über sein Haupt gesprochen, sein Geschäft dem Sohn übergeben, sein Weib ihren Brüdern und seine Mutter, für die er ja nach allem nicht mehr sorgen konnte, wenigstens ihrem Stande gemäß nicht, dem Bruder überlassen.

 So wurde Husseini arm und verlassen. Frei für Maria und frei für die Lehre von der Zukunft aller Menschheit.

*

Ruchna und Silla haben Kleider und Schmuck mit sich genommen, aber gar kein Geld. Geld haben diese Frauen fast nie. Wenn sie einkaufen, so bringt man das Gekaufte in ihr Haus, und der Mann bezahlt. Keiner von ihnen kam der Gedanke an Hunger und Durst. Sie waren erregt, anfangs mit schnellen Schritten, aus der Stadt gegangen. In der Richtung nach Westen, denn dort lag ihrer beider Heimat. Ruchnas Brüder leben in Nazareth, der Stadt auf dem Berge. Nazareth, das voll ist mit Legenden der Maria, Statuen und Klöstern und blonden arabischen Kindern.

Sie gingen ohne Angst und ohne Überlegung auf die schwarzen Zelte der Beduinen zu. Zum Lager des Ali-Faras, des Scheichs des Stammes Sedjer. Dort wurden sie mit großer Freude empfangen. Lulu, die jüngste Frau des Ali-Faras, führte sie in ihr Zelt, das schönste im Lager. Sie lachte und schmeichelte, küsste und sang, und als sie erfuhr, dass die beiden tanzen wollten, lief sie zu Ali-Faras, damit er alles vorbereitete. Der freie Platz inmitten der Zelte wurde gereinigt, alle Teppiche, die vorhanden waren, ausgebreitet. Ali-Faras, seine Söhne und Schwiegersöhne bestiegen ihre Rosse, die geschmückt waren wie Frauen mit gestickten Tüchern, Perlen und Blumen. Erst tanzten die Frauen des Stammes ihre Tänze mit Schwertern und Gesang. Dann tanzten die Männer auf ihren Pferden, wahrhaft ein Anblick furchterregend und schön zugleich. Es wurde still im Kreis. Die Männer bildeten mit ihren Pferden eine Wand, und alle blickten gespannt auf Ruchna, die ihren Liebestanz begann. Silla sang leise und schüchtern, und leise und schüchtern waren auch die Töne ihres Instrumentes. Ruchnas Tanz verlor seine Würde, wurde wild und liebestoll. Die Männer wurden hart, die Frauen weich. Alle hielt ihr Tanz im Bann. Blicke voll Brunst und Inbrunst lagen auf ihr. Sie rief Silla wilde Worte zu, und auch Sillas Gesang wurde toll und verstiegen. Ruchna warf ihren schönen Körper wie im Zucken wilder Lust. Den Männern schien es, als ob dieses Weib den Liebestanz aufführte vor ihrer aller Augen mit einem unsichtbaren Partner. Ruchna selbst war sich ihrer nicht bewusst. Sie fühlte alle Qualen der Lust und auch ihre Wonne. Mit einem seligen Lächeln fiel sie nieder, befriedigt wie nie, glücklich. Die Menschen um sie waren glücklich, sie waren ganz still. Es dauerte Minuten, ehe sie zu schreien begannen. Dann aber war des tollen Geschreies kein Ende.

*

Maria lebt seit Monaten passiv wie noch nie. Sie tut ihre Arbeit und nicht mehr als ihre Arbeit. Bücher sind ihre Erholung. Nur in ihren Träumen ist Unruhe und Sehnsucht. Morgens steht sie müde zur Arbeit auf, und manchmal sind ihre Nächte ohne Schlaf. Sie will nicht denken und will nicht wollen. Sie fühlt sich so alt, so ausgebrannt und leer, als wäre alles zu Ende und dies ein Leben, das nur noch zu Ende gelebt werden muss. Keiner ihrer Freunde nähert sich ihr, denn sie hat Einsamkeit um sich gebaut, die niemanden heranlässt. Alle sind darauf vorbereitet, dass Maria die Gemeinschaft verlässt. Manche fürchten, in den Tod. Man kennt diese Art Verlorenheit in Cherut und fürchtet sie mehr als Krankheit und Gefahr. Dennoch schweigen alle, niemand wagt zu helfen, denn noch ist hier kein Weg. Auch die Gemeinschaft schweigt und ringt schweigend um die Zukunft. So kam es, dass Maria beinahe wortlos Cherut verließ. Aber so kam es auch, dass ihr alle Menschen »Auf Wiedersehen, Maria« ernsthaft sagten. Es war kein Abschied und niemand, auch nicht Maria, dachte an einen Abschied für immer.

*

Sehr anders verließ Husseini die Stadt, in der er Kind war und Mann. Vollkommen geschlagen. Niemand, der ein gutes Wort für ihn hatte, niemand, der Hilfe anbot. Nur sein junger Sohn Jussuf sagte ihm Worte des Dankes und der Hilfsbereitschaft, und Sarah, seine Tochter, die den Vater mehr liebte als Zucker und Spielzeug.

Fast hätten Maria und Husseini sich im Zuge nach Haifa getroffen, denn sie fuhren am selben Tag. Husseini vor Tag, noch im Dunkeln, und Maria am hellen Mittag. Husseini in einer sonderbaren Unbekümmertheit. Er wusste nicht einmal, wo er Selims Freund suchen sollte, und sonst kannte er niemanden, der seine Wege gehen wollte. Noch ist es nicht so, dass er Brot für morgen braucht. Achmed hat darauf bestanden, ihm eine große Geldsumme zu geben. Vielleicht um sein Gewissen, das ihn plagt, zu beruhigen. Noch wahrscheinlicher, um dem Bruder die Möglichkeit zu geben, ein ehrenvolles Dasein zu begründen und nicht noch mehr Schande auf seinen Namen zu häufen. Husseini suchte sich Unterkunft. Nicht dort, wo er gewohnt war zu bleiben, wenn er als Kaufmann nach Haifa kam. Dessen war er gewiss. Kaufmann wird er nicht länger sein. Aber auch nicht unter Arbeitern, denn deren Unterkünfte waren ihm zurzeit noch unzugänglich. Er findet eine Wohnung bei deutschen Christen, die den vornehmen Araber freundlich aufnehmen. Er will Marias Sprache kennen lernen, denn wenn auch die Haifaer Deutschen alle Arabisch sprechen, so kann man doch bei ihnen Deutsch lernen. So geht er einem Leben entgegen voll Ruhe noch und Lernbegier. Dass er mit siebenunddreißig Jahren zu lernen beginnt, ist ihm manchmal lächelnswert, es ist eine der Brücken, über die gegangen werden muss. Was ihn in dieser Zeit bewegt, ist schwerlich zu sagen. Ihn bedünkt es, dass ihn gar nichts bewegt. Er lebt sehr sparsam, sehr einsam. Er will, wenn er ausgeruht ist und wieder aufnahmefähig, entweder nach Damaskus zu Selim fahren oder Selims Freund hier in Haifa suchen. Dass er deshalb nicht gleich nach Damaskus fuhr, um sich nicht allzu weit von Maria zu entfernen, weiß er. Natürlich muss und will er für die Lehre leben, aber zusammen mit Maria, und darum fürchtet er den Weg nach Damaskus.

*

Ali-Faras ist ein großer Mann und ein großer Held. Er ist sein eigener Sancho Pansa. Er sieht auch so aus wie Don Quichote – wie Sancho Pansa sieht nur seine Seele aus. Am Morgen nach dem Tanz der Ruchna sattelt er sein Pferd und Maultiere für die Frauen und reitet mit ihnen nach Wadi Chedjas. Das ist der Ort, wo die berüchtigste und geehrteste Räuberbande im Lande haust. Der Ort ist für Räuber und Romantik wie geschaffen. Hohe Berge rechts und links von einem tiefen Riss in Gottes Erde. Die Räuber lachen über die Automobile der englischen Gendarmerie, und solange Flugzeuge nicht lautlos fliegen, können sie auch über Flugzeuge lachen. Die Polizisten in Palästina sind weder so gut bezahlt noch so ehrgeizig, dass sie sich Mann gegen Mann ins Wadi Chedjas wagen würden. Daher kommt Ali-Faras Freundschaft mit der Räuberbande. Sie stehlen Pferde und Kühe und was man eben stehlen kann. Wenn dem Besitzer viel daran liegt, das Gestohlene zurückzubekommen, so wendet er sich an den Helden Ali-Faras. Ali-Faras, der Don Quichote, sagt: »Du bist mein Freund, ich will mein Leben daran wagen!«, und Ali-Faras, der Sancho Pansa, sagt: »Aber wie viel wirst du mir dafür bezahlen?« Dann einigen sich alle drei, und Ali-Faras, der Held, rüstet eine Expedition aus zu den Räubern in Wadi Chedjas. Dort wird er von den Helden wie ein Held empfangen. Sie essen gemeinsam und trinken Kaffee, und mit allen Zeremonien der Ehre schließen sie ihre Geschäfte ab.

Ruchna und Silla reiten schweigend mit Ali-Faras. Ruchna und Silla, die sich über den Einfluss der Landschaft auf die menschliche Seele nicht gewohnt sind, Rechenschaft zu geben, blicken einander an, und jede sieht in den Augen der anderen das Entzücken und die Verwunderung über das Stück Welt, durch das sie reiten. Ruchna ist müde und dennoch gespannt auf das, was kommen wird. Silla bereit zu ihrem Dienst, was immer sich auch daraus ergeben sollte.

Die Wege sind schmal,

Der Himmel blau,

Das tiefe Tal voll Schreck

Und Lieblichkeit.

Die Stille herrschend,

Die Einsamkeit erschütternd.

So kommen sie an die Sohle des Tales. Die Rufe und Begrüßungsschreie des Ali-Faras, die in den leeren Raum gesprochen scheinen, beunruhigen die beiden Frauen. Hinter ihrem Rücken klingt plötzlich ein lebhaftes Antworten auf. Als sie sich mit ihren Maultieren umdrehen, steht fröhlich und lachend, schön wie ein junger Gott, Said vor ihnen. Said, der Geehrte und Gefürchtete, der Herr in Chedjas. Er spricht und lacht und sagt, dass sie vor ihm nicht zu tanzen brauchen. Er werde sie auch so lieben! Beide! Und mit Küssen hob er sie von den Tieren. Zuerst Ruchna, die Blendende, dann Silla, die Liebliche. Silla und auch Ruchna waren entsetzt über die Küsse. Es war ihnen ja bitter ernst um ihr Tanzen für den Liebesgott. Sie wollten auch Husseini, für den dies alles geschah, die Treue wahren. Aber geküsst ist nun einmal geküsst, und Said verstand das Küssen zu gut, als dass etwas anderes als Freude davon zurückbleiben könnte. Dann saßen sie in der großen Höhle, und Said versprach Geld und Hilfe für die Frauen. Ali-Faras hatte sich ihm verpflichtet, und er würde nicht vergessen, die Dankbarkeit einzukassieren. Ruchna bat, sie tanzen zu lassen. Die Bande des Said stand zur Seite, entschlossen, wenn die Frauen nicht tanzen, sie nicht nur dem Häuptling zu überlassen. Tanzen sie für den Liebesgott, dann muss man es ihnen überlassen, ob sie auch lieben wollen.

*

Maria sitzt im Zug nach Haifa. Die Akazienbäume in Tel Schaman durchbrechen mit Geruch Marias Dumpfheit. Sie singt lautlos:

Die Akazien meiner Kindheit,
Blühen hier im fremden Land.
Mein Herz ist verwirrt

Und meine Seele verwüstet.
Doch die weißen Blüten der Akazien
Finden in mir dasselbe Entzücken,
Unberührt von Zeit und Leben.

Maria geht durch schwere Zeiten in Haifa. Sie will Bauarbeiterin werden. Dazu muss sie Geld verdienen, um drei Monate lernen zu können. Sie arbeitet für ein Minimum an Geld, das nicht einmal für Obst und Brot genügt. Und Maria braucht außer Essen noch viele Dinge, die Geld kosten. So muss sie sich entschließen, als Hausgehilfin arbeiten zu gehen. Das ist für alle von Marias Art die Hölle auf Erden. So sehr sich die jungen Frauen, die meist denselben Kreisen entstammen wie ihre Dienstmädchen, um die Freundschaft der Mädchen bewerben, ist Freundschaft scheinbar unmöglich, wenn man persönliche Dienste um Geld tut. So geht sie von Haus zu Haus, und in den Tagen der Arbeitssuche verbraucht sie das verdiente Geld. Als sie endlich im Hause eines Mannes landet, dessen Frau krank in Europa ist und dessen Kind sie zu betreuen hat, ist sie mürbe und müde. Der Mann, dem Maria gefällt und der sie auch mit Zärtlichkeit an sich fesseln will, tut ihr viel Gutes. Er bringt ihr Blumen und Bücher. Er sorgt für ihr Behagen, besser als er es je für seine Frau getan hat. Als er sie nach Monaten des Werbens bittet, ihn in sich aufzunehmen, sagt sie zu ihrer eigenen Verwunderung: »Nein.« Zu ihrer eigenen Verwunderung merkt sie, dass sie nur Husseini ihre Liebe geben kann und dass sie mit vollem Glauben auf Husseini wartet.

*

Husseini hat in dieser Zeit seinen Weg gefunden. Er ist in die kommunistische Partei eingetreten. Als sehr stiller Zuschauer. Alles, was Partei ist, scheint ihm fremd. Er kann sich nicht zurechtfinden in dem, was an Fragen des täglichen Lebens aufgestellt ist. Man vermeidet es, die Abhängigkeit von den jüdischen Führern und sogar ihren Einfluss in der Landeszentrale zuzugeben. Denn eine nationale Gegnerschaft ist noch sehr tief in der primitiven Masse. Und die aus europäischen Schulen kommenden Führer der Partei haben Angst vor dieser Primitivität. In dieser Partei hat der Eintritt Husseinis Aufsehen erregt. Da sein Bruder Achmed zu den Führern der Nationalisten gehört, gibt es sogar solche, die ihn für einen Provokateur halten. Er will die Schale durchbrechen und zum Kern gelangen, und seine Intelligenz ist groß genug, von religiöser Inbrunst bis zu klarer Erkenntnis zu kommen. Er liest alles, was von sozialistischen Schriften in arabischer Sprache erreichbar ist. Er fängt an, Französisch, das er als Knabe erlernt hat, mit Eifer zu pflegen. Er liest Deutsch, und sein Gehirn, das nicht von Wissen überlastet ist, nimmt gut und rasch auf. Das, was er von Selim übernommen hatte, war ihm lebensnotwendig. Er fühlte, wenn er in dem Kampf um soziale Gerechtigkeit sterben müsse, ehe er noch mit Maria gelebt hätte – er würde es wollen. Aber da waren Wege, die nicht gerade waren, da waren Gedanken, die nicht rein waren, und manches störte Husseini im Kampf um die Idee.

*

Ruchnas Tanz in der Höhle, im Wadi Chedjas, war
Raserei und Erlösung für sie selbst. Sillas Gesang hat-
te mitten im Tanz ihr Herz getroffen, zwischen den
Räubern in dieser tollen Umgebung war in diesem
Weib die Künstlerin erwacht. Die Nacht, die dem
Tanz folgte, hatte sie nicht geschlafen. Nicht an den
Liebesgott und nicht an Husseini hatte sie gedacht.
Sondern an Sillas Gesang und neue Bewegungen für
ihren Tanz. Said wollte mit ihnen nach El Kuds, Jerusalem, reiten. Ruchna strengte ihr Erinnerungsver-
mögen und ihren Geist an, um einen Weg zum
künstlerischen Tanz zu finden. Wohl waren ihr die
Begriffe fremd, aber die Tatsachen kannte sie. Damit
begann etwas ganz Neues für sie. Vor allem Zweifel
an ihrem Können. Der Tanz für den Liebesgott, da
helfen die Dämonen! Aber ob die Dämonen ihr auch
helfen würden, wenn sie tanzt wie eine Tänzerin?
Eine Tänzerin ist eine Frau mit einem schönen Leib,
die auf einer Bühne in einem Café für Geld tanzt und
für Schmuck. Wenn man sie gut bezahlt, verkauft sie
auch ihre Liebe. Etwas anderes weiß Ruchna nicht
von Tänzerinnen. Tanzen will sie, aber ihre Liebe will
sie nicht verkaufen. Nur kalte Frauen, die selbst nicht
lieben, können das. Ruchna aber liebt voll Leidenschaft, und noch liebt sie nur Husseini. Sillas Gesang
hat in Ruchna Sehnsucht nach ihrem Töchterchen
erweckt. Die Sehnsucht der Erkenntnis, dass es kein
Zurück gibt. Dies alles ist unwiderruflich. Sie muss
für sich und Silla sorgen. Später auch für ihre kleine

Tochter. Es ist eine arabische Frau, die so denkt! Und das ist eines von den großen Wundern, die geschehen können. Denn immer sind sie Eigentum. Des Vaters, des Sohnes, des Mannes. Immer ist da jemand, der für sie sorgt und denkt. Said hat Kamele besorgt und Schmuck und Kleider. Wie Fürstinnen werden sie nach Jerusalem kommen. Aber dann gibt es Dinge zu tun, die für Ruchna so neu sind wie für Robinson alles, als er auf die Insel kam. Die große Stadt! Die vielen unbekannten Menschen. Das Tanzen als Beruf. Ein Zimmer, in dem man schlafen kann. Geld, um Essen zu kaufen. Angst hat sie! Und ungeahnte Energie, all das zu überwinden.

*

Arme Maria! So nah ist dir der Mann, für den du lebst, und so blind und dumm bist du von ihm getrennt. Lowka hat ihr von der Neuerscheinung in der Partei erzählt. Von dem, was ihn an diesem Araber fesselt und interessiert. Maria denkt: »So muss Husseini denken und so muss Husseini tun.« Aber es fällt ihr nicht im Traume ein, dass Husseini in Haifa in der kommunistischen Partei ist. Von Maria dem Husseini zu erzählen, fällt Lowka natürlich nicht ein. Maria ist in ihrer Umgebung so sehr eine von vielen, dass es lächerlich wäre, gerade von ihr zu sprechen. Maria beginnt Arabisch zu lernen. Sie will sich der Partei für Agitation unter arabischen Frauen zur Verfügung stellen. Dabei erlebt sie die Enttäuschung, dass alles, was sie kann, dazu nicht tauglich ist. In einer ernsten

Parteisitzung wird ihr vorgeschlagen, nach Paris zu fahren und dann als Pariser Schneiderin, Friseurin oder Masseurin zurückzukommen. So und nur so ist es möglich, in ein arabisches Haus Eintritt zu erlangen. Das ist der Weg in die vornehmen Häuser, zu den Fellachinnen kommt man ja nicht. Wie das alles Maria widerstrebt, wie untalentiert zu all dem sie sich weiß! Sie hat einmal davon geträumt, Ärztin zu werden. Sozialismus und Palästina sind ihr dazwischengekommen – jetzt steht der Gedanke wieder vor ihr, nicht als Ziel, sondern als Mittel. Wenn sie Ärztin ist und wenn sie Arabisch kann, dann wird sie auch Mittel und Wege finden, gerade Araber zu heilen und arabische Kinder. Sie wagt diesen Gedanken nicht laut werden zu lassen und bittet um Bedenkzeit. Während sie an all das denkt, sieht sie Husseini vor sich. Sein inniges Lächeln und die tiefe Güte in seinem Blick. Ihr Herz krampft sich zusammen vor Sehnsucht. Denn was kann den Kaufmann von Bethschan ihrer Welt näherbringen?

*

Ruchna, das Weib des Husseini, in dem Raum, offen der Welt des Mannes. Blicke von Männern auf ihren Armen, auf ihren Füßen, auf ihren Augen, auf ihrem Mund und ihren Brüsten. Ruchna, deren Tanz für den Liebesgott toll und voll Sinnenlust war, Ruchnas Bewegungen sind streng und keusch. Ihr Leib ist ein Heiligtum geworden in dem großen Raum, in dem viele und nur Männer sitzen. Sie bewegt sich und sie tanzt, feierlich und streng. Ihr vorgebeugter Leib lauscht auf Sillas Gesang, das einzige Weib neben ihr. Männer und Männer, und keiner ist Husseini. Sie tanzt die Tänze ihrer Mutter und ihre eigenen. Jeder Schritt ist Gesang, und jeder Schritt ist Heiligkeit und Würde. Die Männer, die kamen, um sich Mann zu fühlen, sie vergessen es. Gebannt in dem Tun des Weibes. Das tanzt und tanzt, wie man in Jerusalem nicht getanzt hat, seit man aufgehört hat, auf dem weiten, wundervollen Tempelplatz zu tanzen. Sie fühlen die Heiligkeit ihrer Stadt. Ihre Größe und Offenheit. So wie Ruchna sich bewegt, so ist Jerusalem. Verwüstet und offen. Heilig und verdammt. Schon eine Stunde tanzt sie so. Sogar die Nargilas haben aufgehört zu glucksen, so gespannt und stille ist es im Raum. Bis endlich Silla erlahmt, ihr Gesang immer leiser wird, bis er ganz schweigt. Noch einen letzten Schritt tut Ruchna. Dann steht sie, schweigend, unbewegt, in den Blicken der Männer, die langsam der Gebanntheit entrücken.

Ruchna und Silla haben Geld bekommen, viel Geld. Sie sitzen in ihrem Zimmer und beraten. Das ist: Ruchna denkt laut, und Silla hört zu. Sillas Gesang und Ruchnas Tanz sind Selbstzweck geworden. Für den Augenblick ist der Tanz für den Liebesgott und für Husseini in den Hintergrund gedrängt. Ruchna spricht viel eindringlicher und überzeugter von Sillas Gesang als von ihrem Tanz. Obwohl sie weiß, dass sie das viele Geld für ihren Tanz bekommen haben. Nur haben die beiden gar kein Verhältnis zu

Geld. Genug, dass sie wissen, dass ihnen das Geld nutzen wird. Sie werden und können nach Damaskus reisen. Sie werden Selim suchen und finden und werden das Geheimnis Husseinis entdecken. Jetzt ist es das erste Mal, dass Silla spricht. Wenn es ein neuer Gott ist, den Husseini und Selim gefunden haben, dann will Silla für diesen Gott singen, und Ruchna sagt: »Ja.«

*

Husseini hat einen Brief aus Bethschan bekommen. Vorwürfe von seinem Bruder Achmed. Es ist die Nachricht nach Bethschan gekommen, dass er der Partei der Verräter angehört. Außerdem ergebene Grüße von seinem Sohn Jussuf und Nachricht von seiner Mutter und Sarah, dem Töchterchen der Ruchna. Er spricht mit Lowka über die Vorwürfe seines Bruders. Lowka hatte ihm einen Brief gezeigt, nicht Arabisch geschrieben, sondern Hebräisch, aber die Vorwürfe waren dieselben: »Wir müssen es ertragen, dass sie uns Verräter nennen. Wir müssen wissen, dass unser Kampf für alle geht, auch für die, die uns Verräter nennen. Wenn sie uns aber des Verrates zeihen an der Willkür, am Unrecht, an der Habgier und der Ausbeutung der Arbeiter für die Herren, dann soll es zu unserer Ehre gereichen. Ich will dir helfen, die Herren verjagen, und du mir. Die Sprache aber soll uns nicht trennen, sondern Sprache soll uns immer ein Mittel zur Verständigung sein.« Lowka hatte Arabisch und Husseini Hebräisch gesprochen. Husseini denkt wie Lowka. Dennoch bleibt etwas Gequältes und Verletztes in Husseini zurück. Er war seinen Weg so bedingungslos gegangen wie ein Traumwandler. Er hatte nie an die anderen gedacht. Erst jetzt fiel es ihm ein, dass Selim leise sprach, wenn er von seiner neuen Lehre sprach. Dass sie sich vor der Polizei verbergen (die Polizei ist englisch), das bedeutet gar nichts. Aber alles an Selbstqual und Zweifel, das andere überwinden, ehe sie in die Partei eintreten, überfiel jetzt Husseini, und in diesem Zustand begegnete er Maria. Die Begegnung war so einfach und selbstverständlich, dass die beiden, die einander mit der Seele suchten, ihr Herzklopfen unterdrücken konnten und nur sie beide das Erblassen des anderen sahen.

*

Der Weg nach Damaskus war für die beiden Frauen Husseinis ein Weg voll neuer Erfahrungen und Erkenntnisse. Sie lernten ihr Land kennen. Noch hatten sie keinerlei Beziehungen zu Menschen. Es hatte sich ihnen ein Mann angeschlossen aus der Bande des Said, sehr jung, dem es die Lieblichkeit Sillas angetan hatte. Er wollte, wenn er sie nicht kaufen konnte (denn hier war niemand, von dem man sie kaufen konnte), sie durch seine Dienste erwerben. Er war es, der mit den Wirten sprach, er war es, der ihnen das Geld brachte, und er war es auch, der sie durch das Jordantal führte. Mit Automobilen und nicht mit der Bahn. Denn die Frauen fürchteten die Bahn zu benutzen, die sie an Bethschan vorbeiführen musste. Sie standen am Toten Meer, und Lieder drangen in die Seele Sillas und Tanz in den Körper Ruchnas. Nichts wussten sie von den Gefühlen, die der Jordan durch tausende von Jahren in Menschenherzen erregte. Sie glaubten sich allein und sprachen nur mit Scham davon zueinander. So kamen sie singend und tanzend, es dauerte Wochen, bis an den See Kinereth. Es war in den letzten Tagen des November zwischen Regen und Regen, als Silla am Ufer des Sees stehend ihm ihr Lied sang:

Du Auge Gottes und
Dennoch blau.
Du Sturm der Tiefe!
Sanft wie ein Kind.
Leuchten und Glanz –
Gesang und Tanz!
Du Meer! Du See!
Du Mann! Du Kind!
Wenn Ruchna liebt,
Husseini glaubt
Und Silla singt –
Sei Dein das Lied!

In Semack setzten sie sich auf die Bahn. Sie hatten die Absicht, direkt zu Selim nach Damaskus zu fahren. Aber sie fuhren nach Aman. Emir Abdallah feierte große Feste. Isar, der schon guten Instinkt für Erwerb bekommen hatte, brachte sie nach Aman. Dort kam Ruchna in die Versuchung, Königsfrau zu werden. Sie hatte es Emir Abdallah angetan. Freilich hatte Isar verkündet, dass die Frauen für den Liebesgott tanzen und unberührbar sind. Der Herrscher von Aman hatte das auch eingesehen, für alle Männer, aber nicht für sich. Es dauerte ein Jahr, ehe man sie wegließ. Ruchna hatte sich die Freiheit durch ihre Hingabe erkauft. Freilich waren sie die sehr geehrten Gäste des Landes gewesen, und ihr Schatz an Geld hatte sich auch sehr vergrößert. Der Mann aber, der ihre Sehnsucht nicht kannte und nur seine eigene Lust suchte, hatte ihr Geheimnis nicht entdeckt. Erregt war sie aus seiner Umarmung gefallen. Mit schmerzender Seele und schmerzendem Körper, voll brennender Sehnsucht nach Husseini, mit dem sie Weib geworden und der ihrer Lust Erfüllung war.

Anders war es mit Silla. Gleichgültig gegen Liebe, unerweckt, befangen von ihren Liedern, ihren Träumen, ihrer kindlichen und starken Liebe zu Ruchna, hatte Isar sich seinen Lohn erzwungen und wollte sie nun besitzen. Er wollte sie kaufen. Er will sie lieben. Er sagt, sie sei sein Eigen, da sie den Pakt mit dem Gott gebrochen. Er bat und drohte, er schlug und quälte. Sie war in größerer Gefahr für ihr Leben, als sie wusste. Aus alldem befreite sie Ruchna. Sie werde ihn wegjagen, wenn er Silla quäle. »Silla ist nicht dein Weib«, sagte sie ihm, »von niemandem hast du sie gekauft, und sie ist niemandes Eigentum. Es sei denn, das des Husseini.« Er möge gehen und dem Husseini sagen, was geschehen sei. Und weil er letzten Endes ein armer Junge war, ein Kind besessen von Leidenschaft zu einem Kinde, das alldem ohne

Verständnis gegenüberstand, das nur seinen Körper vor all dem Wilden schützen wollte und manchmal dennoch nachgab, blieb er der ergebene Diener der Frauen.

*

Sehr langsam waren Maria und Husseini durch die nächtlichen Straßen von Haifa gegangen. Sie wagten es nicht, einer des anderen Hand zu berühren. Sie gehen, und Maria führt. Sie führt den Mann in ihre armselige kleine Kammer, in der ein Bett steht und sonst nichts. So sitzen sie auf dem Bett und sprechen kein Wort miteinander. Maria entkleidet sich und legt sich in ihr Bett. Sie löscht das Licht aus und sagt zu Husseini, er soll sich zu ihr legen. Husseini tut so. Wortlos, stumm vereinigen sich ihre Körper. Körper an Körper, ineinander gefaltet, fingen sie an zu sprechen und hörten von dem Wunder ihrer Gemeinsamkeit. Sie kämpften mit der Sprache und waren voll Freude über jedes Wort, das der andere in der Sprache des Geliebten sprach. Der Morgen graute, und sie sprachen noch immer. Sie vergaßen die Lust des Körpers über der Lust der Seele. So sollte das noch viele Nächte sein. Und dies war die wirkliche und restlose Revolution im Leben des Husseini. Im Bett wurde seine Seele aufgerüttelt durch ein Weib, durch sein Weib. Er erzählte Maria von Ruchna, die ihn verlassen, von Silla und von seinen Kindern. Maria erzählte von ihrer Begegnung in der Morgendämmerung. Vielleicht war dies Ruchna!

Viele Wochen tun sie ihre Arbeit getrennt. Den ganzen Tag nur daran denkend, was sie sich alles sagen wollen. Die Nächte sind nicht lang genug für ihre Gespräche! Sie ziehen erst zusammen, als Maria schwanger ist und ihr die Arbeit schwer wird. In der Schwangerschaft beginnt sie, sich nach Cherut zu sehnen. Sie spricht vom Kinderhaus in Cherut mit einer Begeisterung, die Husseini nicht versteht. Wie kann sie auf ihr Kind verzichten wollen? Maria sagt vergeblich, dass dies kein Verzicht sei, sondern Befreiung. Er kann nicht mit. Er kann sich noch nicht von seiner Mutter befreien. Maria soll die Mutter des Sohnes werden und findet, dass es Größeres gibt, Wichtigeres für ein Weib. Und so trennt sie die Schwangerschaft, die sie verbinden soll. Maria fühlt die Versuchung, das Kind abzutreiben, aber sie findet nicht den Mut dazu. Sie fürchtet sich vor dem Unbekannten in Husseini, und plötzlich steigen Mauern auf, die sie Stück für Stück niederreißen müssen.

In dieser Zeit entsteht zuerst in ihr der Entschluss, mit Husseini nach Russland zu gehen. Sie traut es sich nicht mehr allein zu, ihn vollkommen zu erobern. Auch Husseini beginnt zu vergleichen. Er erinnert sich nicht mehr seiner Gedanken über sie. Zu stark ist ihre Gegenwart, zu stark fühlt er sie als Wegweiser ins Neue. Er beginnt sich schon zu misstrauen, um ihretwillen. Immer wieder wirft sie ihn in schwere Verzweiflung. Der Mann, der sicher war wie ein Tier, vollkommen gut in seinen Instinkten, der Mann, dessen Ruhe sein Haus geheiligt hatte, Maria, der Jüdin, ist er nicht gewachsen.

Leila hat es gut. Sie ist in das Haus des Jussuf, ihres Sohnes, gegangen. Sie ist Herrin und kann so viel Süßigkeiten essen wie sie will. Nur ihre Sehnsucht nach Ruchna hat nicht aufgehört. Von Ruchna und Silla war fast keine Nachricht nach Bethschan gekommen. Man wusste nur, dass Ali-Faras sie zu den Räubern und die Räuber sie nach Jerusalem gebracht hatten. Von Husseini wissen sie, dass er mit einem jüdischen Weib lebt. Das macht alles, was ihn angeht, noch hoffnungsloser. Damit ist er ihrer Sphäre noch entrückter als durch alles, was er bisher verschuldet hat. Leila selbst hätte ihn wahrscheinlich vergessen. Aber Jussuf vergisst seinen Vater nicht, und Jussuf leidet, wenn man nicht mit Achtung von ihm spricht. Er tut noch mehr. Er schickt das Töchterchen der Ruchna in die Schule, wo sonst nur Knaben sind – es gibt in Bethschan keine Schule für Mädchen. Er selbst will lernen und will alles tun, um dem Vater nahe zu bleiben. Er wittert mehr, als dass er weiß, dass sein Vater nichts Verächtliches getan hat. Jussuf ist ein guter Kaufmann. Aber etwas von dem, was den Vater getrieben, ist zurückgeblieben und lässt ihn nicht zufrieden werden. Seiner Mutter Leila erweist er alle Ehre, und Leila glaubt, dass er ihretwegen noch keine Frau ins Haus bringt. Sie bietet ihm immer neue Frauen an, das Suchen und Prüfen ist sehr nach ihrem Geschmack. Zu Sarah ist sie sehr gut. Manchmal küsst sie sie heftig in Erinnerung an Ruchna, und immer liebt sie das Kind und ist eifersüchtig auf Husseini, nach dem Sarah sich mit großer Leidenschaft sehnt.

*

Ruchna, Silla und Isar nähern sich immer mehr Damaskus. Sie reisen wieder auf Maultieren und fahren nicht mit der Bahn, weil sich jetzt zu allen Ängsten noch die Angst vor der Liebe des Abdallah gesellte. In der Bahn konnte man überhaupt nicht sicher sein, die Straßen sind weniger des Königs. Auch tanzten sie in all den Orten, durch die sie kamen, und erwarben sich damit die Freundschaft der Männer. Silla sang, und ihr Singen wurde immer freier und größer. Sie sang von Lust und Liebe, von Armut und Stolz. Ihre innige Stimme beseelte die, die sie hörten, und Ruchnas Tanz ist noch heute nicht vergessen in den Dörfern Amans. Sie sprechen von Selim mit voller Vertrautheit, ehe sie ihn gesehen, und sie erwarten von ihm mehr, als er selbst dem Husseini hätte geben können. So kamen sie nach Damaskus. Isar brachte sie in eine Herberge. Sie beschlossen, einen Tag vollkommen zu ruhen, ehe sie Selim, den Silberschmied, suchen. Sie sitzen in dem schönen Innenhof des Hauses und sprechen von Bethschan. Von den Kindern des Husseini, von ihrem Töchterchen Sarah spricht Ruchna und von Leila, die sie zurückgelassen haben. Sie wissen nicht, wie sehr ihr Wanderleben sie verändert hat. Da sie zwei sind, haben sie keinen Dritten gebraucht. Da war ja auch niemand, der vergleichen konnte.

*

Marias Schwangerschaft näherte sich dem Ende. Sie beschloss, in ihrem Zimmer zu gebären. Scham hinderte sie, in ein jüdisches oder englisches Spital zu gehen, und dann waren es Erinnerungen aus ihrer Kindheit, die sie bannten. Sie schmeckte wieder die Süßigkeiten auf der Zunge, die ihr die Mutter gegeben hatte, als man die kleine Maria im Zimmer der Gebärenden fand. Hier hatte sie sich versteckt, um die Schmerzen der Mutter mitzuleiden. Nun wartete sie mit großer Verbissenheit auf die Schmerzen, die kommen sollten. Gebärend fand sie sich verbunden mit der, die sie geboren. Husseini war klein, verzagt und hilflos. Er hatte drei Kinder in Bethschan. Leila hatte zwei und Ruchna das dritte geboren. Damals war er stolz im Hause herumgegangen, und das Schreien der Frauen war selbstverständlich und ohne Problematik. Er verfluchte sich, dass er sie geschwängert. Um sich im nächsten Augenblick zu sagen: »Nein, das Kind ist auch für das Weib Erfüllung.« Wenn sie nur nicht so schamlos gewesen wäre! Sie war nicht einen Augenblick bereit, ihm vorzulügen, dass sie sich auf das Kind freue. Dass sie das gemeinsame Leben, Maria Husseini, leben sehen wollte. Maria liebte Husseini auch in dieser Zeit, aber sie war verwirrt durch die Brutalität des Lebens. Sie erinnerte sich nur mit großem Erstaunen an ihre Gespräche über Kind und Schwangerschaft mit Herbert, mit Tanja, mit Mark. Sie merkte, dass das damals Phantasien gewesen und dies die unleugbare Wirklichkeit war. Sie hatte mit der Schwere ihres Körpers nicht die Leichtigkeit ihres Geistes verloren, aber sie konnte es nicht fassen, dass sie so wirklich zahlen musste.

*

Ruchna und Silla gingen mit Isar durch die Straßen von Damaskus. Isar war verwundert über die Pracht der Waren, ein Dolch nahm ihn so gefangen, dass er die Frauen gehen ließ. Sie fanden Selim sehr rasch. Sie hatten ihre Spangen mitgenommen, und die waren einzig in der Straße der Silberschmiede. Sie waren beide verschleiert. Selim ließ sie wählen und suchen, denn er erkannte seine Arbeit an ihren Händen. Frauen, die seinen Schmuck trugen, liebten seinen Schmuck, das wusste er. Der Künstler in ihm war ihnen dankbar dafür. Silla ist es, die sehr leise, sehr schüchtern sagt: »Du bist Selim, der Freund des Husseini?« Er blickt erstaunt auf und sagt: »Ja, und wer bist du? Bringst du Nachricht von Husseini?« »Wir sind Ruchna und Silla, die Frauen des Husseini. Wir sind auf Wanderschaft, sein Glück zu suchen und du sollst uns dabei helfen.« Selim schweigt und blickt auf die Frauen. Die Verfolgung der Kommunisten nimmt immer brutalere Form an. Auch in Damaskus wird man auf den geringsten Verdacht hin gefangengenommen. Die Nachrichten aus Palästina werden mit jedem Tag schlimmer. Er fürchtet von den Frauen zu hören, dass Husseini im Gefängnis von Akko ist. Auch können sie ja Spioninnen sein. Diesen Verdacht nimmt Ruchna von ihm, die begreift, dass er misstrauisch ist: »Sieh die Spangen, Husseini hat sie für mich gekauft, als er das letzte Mal in Damaskus war. Deine Zeichen, Selim, haben uns kein Glück gebracht, und die Beschwörung der Mutter hat nicht gewirkt.« Isar näherte sich, und so sagte sie nur noch: »Komm heute Nacht mich tanzen sehen, und Silla wird singen. Sie soll das Kleid tragen, aus grünem Samt mit silbernen Litzen. Du sahst es, als Husseini es hier für Silla kaufte.«

*

Sarah, das Töchterchen der Ruchna, ist zehneinhalb Jahre alt. Also fast ein erwachsenes Mädchen in Bethschan. Sie geht in die Schule, sie lernt lesen und schreiben, und ihre Kameraden sehen mit Ehrfurcht und Spott auf sie. Sie hat weder Vater noch Mutter. Denn wenn auch Leila als ihre Mutter gilt, so wissen doch viele der Kinder, dass ihre Mutter Ruchna die Stadt verlassen hat und ihr Vater in Haifa mit einer Jüdin lebt. Sie liebt und hasst ihre Mutter. Sie will ihre Mutter suchen, und sie liebt ihren Vater. Zum Vater zu kommen ist möglich. Man muss nur stark sein und den Spott nicht fürchten. Jussuf sprach mit ihr von Husseini. Einmal sagte er, Ruchna, ihre Mutter, hätte ihn nicht verlassen dürfen, sie sei schuld. Ein Weib muss geduldig sein und ihren Herren ehren. Sie, Sarah, will ein geduldiges Weib sein und ihren Herren ehren. Aber noch will sie niemand, und sie fühlt sich in Bethschan sehr minderwertig. Vor allem, weil sie lesen und schreiben kann. Welcher

Mann will wohl eine Frau haben, die mehr weiß als er selbst! Die Knaben, mit denen sie zur Schule geht, sagen es ihr auch. Kaufen will sie niemand. Anders ihre jüngere Schwester Fatme. Die wollen sie wohl kaufen. Einer der Jungen spart schon Geld dafür. Sie beneidet Fatme sehr, und ihre kindlichen Gedanken sind voll Besorgnis für ihre trostlose Zukunft.

*

Es ist ganz still, grauenhaft still für Husseini in dem Zimmer, wo Maria liegt und die Schmerzen der Geburt überwindet. Es ist ein Arzt bei ihr, Lowka hat ihn gebracht. Ein Kommunist und nur vorübergehend in Haifa. Für ihn hatte es gar nichts Sonderbares, Maria und Husseini zusammen zu sehen, und die Umgebung erklärte er sich mit ihrer Armut. Lowka ist kaum zwei Tage aus dem Gefängnis. Er hat erst jetzt von Marias Zustand und Husseinis Unfähigkeit, ihr zu helfen, erfahren. Er hat Geld gebracht und Wäsche und die tausend Dinge, die eine Europäerin braucht, wenn sie gebären soll. Aber keine Frau hat er gebracht. Maria will keine Frau neben sich. Niemand soll sie an die Alltäglichkeit dessen erinnern, was geschieht. Sie kämpft ihren Kampf schweigend, weise, mit Augen, deren Blick schon irrsinnig ist, aber ohne einen Laut. Husseini hat diesen Blick gesehen. Empörung packt ihn gegen die Bestie Natur, die sie so in ihren Krallen gefasst hält. Er beschuldigt sich nicht. Wofür soll er sich beschuldigen? Oder Maria, die ein Opfer ist, so wie er. Jeder Gedanken in ihm ist in die Zukunft gerichtet. Es soll genug gelitten sein an dem, was alle Mütter in der Welt leiden, ehe der Mensch geboren wird. Auch an seine Frauen dachte er. An Leila und Ruchna. Wie gedankenlos er ihr Leiden mitangesehen hatte, obwohl er sie in ihren Schmerzen nicht hatte sehen dürfen. Denn sie sind unrein für den Mann und Herrscher im Blut und Schmerz des Gebärens. Sehr nahe wurde ihm seine Mutter und die Frauen seines Volkes. Die gekauft und verkauft werden. Die man übersieht und über die man hinwegschreitet. Er, Husseini, hat zwei Töchter, deren Schicksal es ist, Besitz und Eigentum eines Mannes zu sein. Husseini, der Kämpfer für die Befreiung der arabischen Frau, wurde zugleich mit seinem Sohn geboren, den Maria, sein Weib und seine Genossin, Ismael nannte.

*

Selim sieht, dass er nicht genug von Husseini weiß, den er sich zum Jünger und Gefährten ausgesucht hatte. Sie haben sich noch zweimal in den Jahren getroffen, in denen Husseini der Partei angehört. Sie waren in großer Innigkeit zusammen gewesen. Aber über ihr Leben außerhalb der Partei haben sie nicht gesprochen. Dass es Schwierigkeiten gibt, große Schwierigkeiten, ist so natürlich, dass es sich lohnt, darüber zu sprechen. Wieviel Hohn muss er, Selim, über sich ergehen lassen, weil er ohne Weib lebt. Manchmal hat er schon gedacht, dass man seine Worte weniger ernst nimmt, weil er Söhne zeugen soll und es nicht tut. Nun muss er mit den Frauen sprechen und muss wissen, warum sie Husseinis Glück in Damaskus suchen und bei ihm. Nur dass das nicht so ist, wie es zum Beispiel in Paris oder sonst in Europa wäre. Hier ist es ein gefährliches Abenteuer, mit zwei Frauen sprechen zu wollen. Sie sagte, sie würde tanzen, und sie waren doch verschleiert. Widersprüche, die erst gelöst werden mussten. Also lässt Selim seine Werkstatt seinem Nachbarn zur Aufsicht, und geht Erkundungen einziehen über die Frauen des Husseini. Damaskus, der Garten der Welt, ist nicht so groß, dass er nicht bald das Haus gefunden hätte, in dem die Frauen wohnen. Er tritt in den gepflasterten Innenhof, den Bäume umsäumen, in dessen Mitte ein Springbrunnen ist. Er sucht einen Mann, mit dem er sprechen kann. Den findet er auch. Auf einem der seitlichen Divane liegend, mit seiner Wasserpfeife im glücklichsten Wohlbehagen, beinahe zu faul, um zu atmen. Er tritt auf ihn zu, bietet ihm den Frieden und sagt, er sei Selim, der Silberschmied: »Die Frauen, die hier wohnen, haben Spangen von mir verlangt, wie ich sie in meiner Werkstätte nicht habe. Ich bitte dich um Rat! Soll ich mir die Mühe nehmen, neue zu machen? Meine Spangen sind die schönsten in Damaskus, und die Frauen wollen noch schönere.« Sagt der Mann: »Die Frauen sind Dienerinnen des Liebesgottes. Ihr Begleiter Isar hat mir erzählt, die Größere und Hellere hat es verschmäht, Herrin im Harem des Emir Abdallah zu sein. Sie will ihren Dienst weiter tun. Es heißt Frommes tun, sie schmücken zu helfen, und sie werden dir wohl auch einen angemessenen Preis zahlen.« Nun hätte Selim ja gehen können, was er aber nicht tat. Es gelang ihm auch leicht, den Mann in ein interessiertes Gespräch zu verwickeln. Ehe er aufbrach, hatte er es erreicht, dass man ihn als Gast behandelte, Kaffee und Süßigkeiten brachte und ihn aufforderte, das Haus als sein eigenes zu betrachten.

*

In Bethschan, im Hause des Husseini, ist Großes geschehen. Ein Brief der Ruchna an Leila und an ihre Tochter Sarah ist gekommen. Es ist ein sehr unbeholfener Brief, und er sagt sehr wenig. Aber so viel, dass Sarahs Augen leuchten und Leila den ganzen Tag weint und lacht. Ruchna ist zurückgekehrt. Leila wäre fähig, ihr Wohlergehen und ihre Behaglichkeit, ja sogar ihre schwere Faulheit zu vergessen, um Ruchna heimzubringen. Denn Liebe ist doch das Stärkste in der Welt. Sarah muss ihr immer wieder den Brief vorlesen. Wie wunderbar, dass Sarah lesen und Ruchna schreiben kann. Aber Ruchna ist ja in Nazareth aufgewachsen, der Stadt Marias, der Klöster und Schulen. Leila hatte ihr nie geglaubt, dass sie wirklich schreiben kann. Jetzt ist dieses Wunder große Wirklichkeit. Ein Blatt Papier, worauf Ruchnas Hand gelegen, mit geschriebenen Worten Ruchnas an Leila, ihre Herrin und Freundin, und Sarah, ihre Tochter. Es ist kaum wichtig, was sie schreibt, denn jedes Wort ist eine Köstlichkeit. Süßer als Zucker und stärker als die Umarmung eines Mannes. Sarah hat

Pläne, ganz gewaltige, und sie fängt an, mit Leila darüber zu sprechen. Sie will alle wieder zurückbringen nach Bethschan. Das Haus des Husseini soll in neuer Liebe und in neuem Glanz wiedererstehen.

*

Unwissend, was sich abspielt, ist dennoch Husseinis Seele bereit für die Pläne, die das starke Herz seiner kleinen Tochter formt. Dass es kein Zurück nach Bethschan gibt, ist außer Zweifel. Doch wäre Sarah am Tage der Geburt seines Sohnes Ismael zu ihm nach Haifa gekommen, so hätte er vermutlich vergessen zu fragen, warum sie komme, so sehr erwartete er, das Schicksal solle ihm helfen, das Unerlässliche zu tun. Er und Maria haben Angst und Fremdheit der letzten Monate überwunden. Sie sprechen wieder miteinander über ihre Vergangenheit und wieweit sie in ihrer Gegenwart weiterleben soll. Maria spricht von Cherut mit Sehnsucht, doch ohne die Verbissenheit der letzten Schwangerschaftswochen. Husseini von seinen Töchtern, von der kindlichen Silla. Von deren Flucht mit Ruchna und darüber, dass er nichts weiß davon, warum die Frauen ihn verließen. Er wusste, dass Ruchna ihn liebte. Trotzdem hat er die Flucht und alles geschehen lassen: »Warum eigentlich?« »Weil du zu mir wolltest und zum Leben für die Freiheit.« »Ja«, sagt Husseini, »aber jetzt sind wir zwei eins geworden, und der Kampf für die Zukunft ist meinem Hirn und meiner Seele verständlich. Jetzt wird es an der Zeit, auch den Alltag rein zu leben. Es ist Pflicht, sich mit den Frauen auseinanderzusetzen und den Töchtern zu helfen.« Leila hatte ihre Waffen gut benutzt. Aber so gut war es ihr doch nur gelungen, weil ja Husseini ihr heimlicher Bundesgenosse war in dem Kampf gegen Husseini, den Kaufmann von Bethschan.

*

Selim war zum Tanz der Frauen gekommen. Sillas Gesang hatte sehr auf ihn gewirkt. Ruchnas Tanz erweckte in ihm den Glauben an die arabische Frau. Sie waren nur Männer in der Partei, und nur theoretisch hatte Selim dies bis jetzt anders gewollt. Er kannte europäische Frauen, die ihren Teil an der Arbeit taten, besser als Männer. Aber die Frauen seines Volkes? Sie waren ja kaum Menschen. Sie sind Besitz. Nur als Mütter sind sie geehrt. Hier die Frauen des Husseini haben sich befreit und sind ausgegangen, eines Mannes Glück zu suchen. Was sie im Grunde wollen, kann er sich überhaupt nicht vorstellen. Es ist alles so verworren. Sie tanzen für den Liebesgott, aber auch für Geld. Er ist begierig auf das Gespräch mit ihnen, während er sitzt und sich von ihrer Kunst gefangen nehmen lässt. Sie tanzen und singen wirklich für Selim. Ruchna will vieles, wofür sie keine Worte weiß, dem Selim im Tanze sagen. Silla, Silla will für seinen Gott singen. Selim versteht. Er weiß gar nicht, dass er die Frauen versteht. Es antwortet in ihm. »Ja, singe du für unseren Gott«, denkt er der Silla zu, während sie singt. »Und du wirst uns helfen, Weib!«, ist seine Antwort für Ruchna. Die Frauen tanzen für Husseini, aber alles ist schon über Husseini hinaus. Husseinis Dämon und Husseinis Gott und der Gesang und Tanz für sich allein. Es ist spät in der Nacht, als er mit Isar die Frauen in ihr Haus bringt. Alles, was sie sprechen, ist, dass Selim morgen nicht arbeiten wird, um mit den Frauen über Wirkliches zu verhandeln.

*

Sarah, die Tochter des Husseini und der Ruchna, ist voll von Plänen, Gedanken und Träumen. Ihre kindliche Seele ist von Ehrfurcht erfüllt vor dem, was ihre Mutter verlassen und ihr Vater bekämpft. In Gesprächen mit Leila hat sie es zuwege gebracht, dass man beschließt, sie zu ihrem Vater gehen zu lassen. Sie soll Husseini bitten, ihrer Mutter zu verzeihen. Er soll Ruchna zurückbringen, vor allem zu Leila. Leila wäre ja gerne selbst gefahren, sie zu holen, und wenn es ohne Husseini sein konnte, umso besser. Nur die Welt ist so hart, die Sonne so heiß und die Wege beschwerlich. Zuhause aber ist es weich und kühl. Und da ist ja auch Sarah, jung und behänd und willens, ihr die Geliebte zu bringen. Auch zweifelt sie nicht an der Kraft des Kindes. Nicht einmal abenteuerlich scheint den beiden, was sie wollen. Haben sie doch alles zu geben und die anderen nur von ihnen anzunehmen. Ruchna hat geschrieben, dass sie reich seien. Umso besser, denkt Leila, aber sie verbindet keinerlei Wünsche oder Gedanken damit. Es fehlt ja auch nur an Liebe, und darin wird sie reich sein, wenn nur Ruchna wieder da ist! Jussuf und Fatme lassen sie an alldem nicht teilnehmen. Sarah, weil sie dem Jussuf den Vater bringen will, und Leila, weil sogar ihr Sohn ihr Herr ist. Fatme ist lebendig in ihrer eigenen Welt und fremd allen Träumen.

*

Sie sind sehr glücklich, Maria und Husseini. Maria hat ein wenig Angst vor den Frauen ihres Mannes. Vor allem vor Silla, gegen die immer wieder Eifersucht in ihr aufflammt. Doch ist sie sicher, dass sie das tun müssen, wovon Husseini sprach. Die stolze und schöne Ruchna (sie zweifelt nicht mehr daran, dass sie Ruchna begegnet war) hat ihr großen Eindruck gemacht. Die Leidenschaft des Erlebens, das grenzenlos an sich und das Geschehen glaubt, erschüttert sie. Sie selbst, Maria von Judäa, ist immer noch neben sich. Immer misstrauisch gegen die Stärke ihrer Gefühle. Immer geneigt, sich der Übertreibung zu zeihen und niemals so restlos und verstandesledig liebend wie Ruchna, das Weib ihres Mannes. Es ist auch Neugierde in ihr, und sie verbringt Tage in erdachten Gesprächen mit Silla und Ruchna. Sie hat angefangen, Husseini zu fragen, und dringt immer tiefer. Ihr Liebesakt ist zu Gesprächen geworden. Sie haben nicht Zeit sich zu küssen, weil er fragen und sie antworten muss. Maria fühlt mit den Frauen. Mit Neid und Entsetzen blickt sie auf das Liebesleben seiner Vergangenheit. Sie erkennt das Wilde und Zwingende und die Stummheit des Tuns.

Husseini wusste nichts von seinen Frauen. Jetzt, neben Maria, versteht er plötzlich eine Geste, ein Wort, das in seinem Unterbewusstsein lag und sich jetzt plötzlich erhebt. Die letzten Nächte mit Silla und Ruchna! Sie werden lebendig. Silla, das Kind, das immer seine Liebe über sich ergehen ließ und wahrhaftig froh über jede Minute der Ruhe war, hatte ihn einmal plötzlich an sich gelockt. Mit ungeschickten und unwissenden Gebärden der Liebe! Als er seine Begierde an ihr gestillt hatte, hatte sie ihr Spiel vergessen und sich ungeduldig aus seinen Armen freigemacht und war in das Zimmer Ruchnas gelaufen. Er war müde gewesen und eingeschlafen. Erst jetzt erstand dies alles vor seinen Augen.

In der nächsten Nacht hatte sie ihn nach Selim gefragt. Darüber hatte er sich gewundert und ihr geantwortet. Sie hörte sehr aufmerksam zu und wiederholte seine Worte. Er hatte das gefühlt, während seine Lippen auf den ihren ruhten, und es war ihm schmerzlich gewesen, dass sie unbeteiligt unter seinen Küssen war.

*

Selim sagte den Frauen sofort, dass Husseini mit einer Jüdin in Haifa lebe. »Ja«, sagte Ruchna, »dies ist meine Schuld und deswegen tanze ich für den Liebesgott und für Husseini.« Selim fragte nicht, warum sie schuld sei, und Ruchna sprach nicht von den Liebesäpfeln. Silla sagte: »Die Veränderung kommt von dir, Selim. Er sagt es, Husseini. Du hast seinem Leben ein Ziel gegeben. Sprich mit uns, Selim, ich will für deinen Gott singen. Ruchna wird für ihn tanzen. Wir haben es auf dem Wege zu dir beschlossen.« »Es muss euer Weg sein, nicht meiner und nicht der des Husseini, den ihr gehen müsst, wenn ihr mit uns gehen wolltt. Es handelt sich um Freiheit, um Gerechtigkeit und um euer eigenes Leben.« »Wir haben den Willen mit dir und Husseini. Lehre uns, was wir nicht wissen, lass uns Helferinnen sein!«

Selim ist sehr erregt, denn er weiß sehr gut, wie weit der Weg ist, den die Frauen schon gegangen sind. Er zittert aus Furcht, dieser Aufgabe nicht gewachsen zu sein. Er misstraut der Kraft der Lehre, wenn er nicht die richtigen Worte findet. Er muss viel mit ihnen sprechen. Er muss ihnen das Leben zeigen. Er muss ihnen zeigen, was Gut und was Böse ist. Sie sind keine Arbeiterinnen. Nichts ist selbstverständlich. Sie gehören oder haben doch bis vor Kurzem der herrschenden Klasse angehört. Nur in einem sind sie zu packen, in ihrem Schicksal als Frauen. Und das waren, getrennt durch viele Tage Kamelreisen, die Gedanken auch des Husseini. So wanderten die Gedanken Selims zwischen Damaskus und den Dörfern der Fellachen, zwischen Lenin und Mohammed und er begriff, dass die Lehre, die ihm bis jetzt ein Gefäß war, sich jetzt mit Blut lebendig füllte. Denn für die Unterdrückten musste der Kommunismus zuerst sorgen, und die Unterdrückten in Arabien sind die Frauen. Und ist eine Frau in diesem Lande Arbeiterin, ist sie doppelt versklavt.

Gefühlt hatte es Selim – nun weiß er es. Die Frauen brauchen ihn, und er braucht die Frauen. Träume von Wollen und Wirkung strahlen von ihnen auf ihn, und er fängt an zu sprechen, leise und eifrig.

*

Die Frau und das Mädchen in Bethschan sind nicht untätig gewesen. Sie haben denn tagelang über den Brief beraten, den sie Ruchna schicken wollen, und der ist nun endlich geschrieben: »An Ruchna, meine Mutter, und Silla, meine Verwandte und Freundin! Leila, Deine Herrin, und ich, Sarah, deine Tochter, haben beschlossen, gegen das Böse zu kämpfen. Euch heimzuführen in das Haus unseres Gebieters Husseini. Wenn es uns gelungen sein wird, seinen Dämon zu besiegen und auch ihn aus der fremden Stadt heimzubringen. Wir fasten und beten und bereiten alles vor für die Reise nach Haifa zu unserem Vater und Herrn. Es ist gut, dass ihr Geld habt, denn wir werden ja auch sein Weib mitbringen müssen. Leila sagt, niemand hat für sie bezahlt. So werden wir wohl ihren Verwandten Geld geben müssen, damit sie sie uns geben. Für Fatme, meine Schwester, ist uns schon ein Preis geboten worden, und Jussuf sagt, dies Geld gebühre Husseini, unserem Vater, daher haben wir noch nichts über sie beschlossen. Mich, deine unglückliche Tochter, will noch niemand haben. Aber vielleicht ist es noch nicht zu spät, und jemand wird so viel für mich zahlen wollen, dass es keine Schande für mich ist und eine Freude für unseren Herrn. Leila bittet Euch, Eure große Güte fortzusetzen und wieder einen Brief zu schicken, in dem ihr uns schreibt, was wir tun müssen, damit ihr zu uns zurückkommt. Denn ihr Herz ist gebunden an Euch in Liebe, sowie auch meines. Sarah, Eure Tochter.«

*

Maria hat nun diesen Mann, ihr Kind und ihre Vergangenheit. Alles aus Husseinis Leben sog sie in sich, damit es auch ihr Leben werde. Sehr will sie mit ihm zusammen ihre Zukunft schaffen. Alles, was er ihr von den Frauen, von seinen Frauen und den Töchtern und Frauen seiner Brüder und seines Volkes erzählt, bewegt sie tief. Sie ist es, die ihn bittet, seine Tochter zu ihr zu bringen. Sie will sie sehen und fühlen. Sie will das erwachende Weibwesen sich gewinnen und es führen. Sie will die Geheimnisse ihres Lebens und ihres Tuns unmittelbar mit ihnen teilen. Maria ist sehr bewegt. Die helläugige, kritische und kalte Maria ist verschüttet in Offenheit, Innigkeit und Liebe.

Als Sarah zu Maria kommt, ist Maria dem Kinde Gefährtin. Sie haben sich zueinander gestammelt, und sie begreifen einander. Der heftige und heilige Ernst in Sarahs Wesen gefällt Maria. Dies ist sie selbst, so ist auch sie ein Kind gewesen. Wie dieses Kind mit der Welt kämpft und sich nicht sieht und die Welt nicht sieht und dadurch Sieg erficht, auch das sieht sie und bewundert es. Die schamhafte und ehrfürchtige Liebe zu Husseini hindert Sarah nicht, von ihm zu fordern, dass er sich ihren Erkenntnissen fügen soll. Wenn Husseini die Frauen seines Volkes befreien will – diese seine kleine Tochter kämpft voll Kraft und Verzweiflung, ihn zurückzuholen zu dem, was ihr unantastbar und zwingend erscheint. Noch sprachen sie nicht von Ruchna und Silla. Sarah hat Angst. Maria ist sehr gut zu ihr. Vieles ist so, wie das Kind es nicht zu träumen gewagt hat. Aber fremd bleibt es, unheilig und anmaßend. Wenn Sarah an ihre Mutter denkt, verurteilt sie auch. Aber Vertrautes und Bekanntes. Wenn sie mit Maria spricht, und Maria Selbstverständliches selbstverständlich äußert, springt es das Kind mit heißer Angst an. Sie fürchtet für das Weib ihres Vaters. Sie fürchtet die Strafe der Dämonen. Sie hat Angst, Maria werde verstummen, wenn sie so Fürchterliches sagt, oder sie werde erblinden, weil sie ihren Blick nicht hütet. Die Qualen des Kindes sind so wahr und so wirklich, wie menschliche Qualen nur sein können. Bis sie einmal bei einem Wort Marias so zu weinen beginnt, dass Maria sie kniend bittet, ihr zu sagen, was geschehen sei. Sarah, die die demütigende Haltung Marias nicht erträgt, soweit sie sie versteht, ist auch hingekniet und hat zu sprechen begonnen. Seltsamerweise von Ruchna und Silla und nicht von Marias angstschaffenden Worten.

So glaubt Maria an die Sehnsucht des Kindes nach ihrer Mutter, das ist für sie herkömmlich richtig, sie wähnt, sie habe Sarah vollkommen verstanden, und sie ist guten Willens, zusammen mit Husseini die Frauen heimzuholen.

Ruchna und Silla saßen und hörten. Sie unterbrachen Selim nicht ein einziges Mal. Erst als er stundenlang gesprochen und erschöpft innehielt, sagte ihm Ruchna: »Selim, du musst anders mit uns sprechen.« Ruchna beginnt zu fragen, umständlich stockend, denn davon, ob sie begreift, was Selim sagt, hängen ihre und Sillas Zukunft ab. Ruchna nimmt sich und ihr Leben ernst. Außerdem, seit mehr als zwei Jahren hat sie sich mit Selim und dem, was sie von ihm erwartet, beschäftigt. Alle Möglichkeiten von Verführung bis Gefolgschaft hat sie in ihren Gedanken erlebt, und nun sitzt sie neben ihm, und alles ist anders. Sie ist ergriffen von seinen Worten, und vieles hat sie unmittelbar erfasst. Aber sie will wissen. Sie will Klarheit und Genauigkeit, und ihr Leben ist voll von Unklarem, gar nichts ist darin, das man anschauen kann, ohne dass es sich vollkommen verändert, alles fließt. Sie und Silla haben, wenn sie an Selims Lehre dachten, an einen Tempel gedacht. An eine Gottheit, für die man singen und tanzen kann. Für die man verfolgt wird und für die man sich opfern kann. Von solchen Dingen wissen sie, und oft sprachen sie von ihrer Bereitschaft.

Und so ist die erste Frage Ruchnas, was Selim mit Armut meine und was mit Besitz. Selim ist verwirrt, und einen Augenblick glaubt er sich verhöhnt. Aber die Augen der Frauen sind so erwartungsvoll auf ihn gerichtet, dass er antwortet: »Armut ist das, was übrigbleibt, wenn die Gierigen ihre Sucht gestillt haben.«

Er hat das sehr rasch gesagt und verstummt. Viele Gedanken sind in diesem Augenblick durch seinen Kopf gegangen. Aber eine befriedigende Antwort, was Armut sei, weiß er nicht. Natürlich weiß er, was Armut ist. Aber wie es nennen? Er bleibt bei dem, was er gesagt, und erwartet ihre Entgegnung. Ruchna und Silla hören sehr aufmerksam zu, und Silla hatte auch schon begriffen: »Man muss also gierig sein, um reich zu werden?« »Nein«, sagte Selim, »aber um reich zu bleiben.« Das begreifen die Frauen, und sie fragen weiter. Selim antwortet, und das Ganze ist wie das Rauschen der Welle, die kommt und sich bricht und wiederkommt.

Sie sitzen viele Stunden, und Selim hat ihnen von Paris erzählt und von seinen Gedanken über Arbeit und Muße. Aber Ruchna ist sehr angestrengt, und sie muss noch sehr viel wissen. Denn sie sieht nicht, wo ihr Tanz und Sillas Gesang bei all dem bleiben soll und wo Husseini. Das Leben ist leer ohne dich, Husseini! Sie hat das laut gesagt und so beschließen sie nach Haifa zu gehen, um gemeinsam mit Husseini das Leben zu leben.

*

Die Mutter des Husseini will sterben und kann nicht. So spricht sie mit Achmed über Husseini, den Geliebten, und beschwört ihn als Mutter und Herrin, dem Bruder zu helfen. Vergebens sagt er ihr, Husseini sei ein Verräter, dem sie, die Mutter, fluchen müsse. Die Mutter droht mit Fluch ihm, dem Gerechten, wenn er nicht tue, wie sie es will, und er, Achmed, der seine Mutter liebt und ihren Fluch fürchtet, verspricht zu helfen. Also wird er Husseini aufsuchen müssen, was er fürchtet, denn seine Stellung ist untergraben schon dadurch, dass er solch einen Bruder hat, und nun soll er gut zu ihm sein, gegen seinen Willen und gegen seinen Verstand. Seitdem sie Knaben waren, ist es immer so. Immer hat Achmed das getan, was man sollte, und das, was richtig, und immer, immer ist Husseini es gewesen, der geliebt wurde und dem das Leben Außerordentliches brachte. So sehr Achmed seinen Bruder verurteilt, ebenso sehr beneidet er ihn. Bis jetzt um die Liebe der Mutter und jetzt um die Liebe der jüdischen Frau.

Ali hat erzählt, andere haben erzählt von der Jüdin, die alles verlassen hat für Husseini. Maria ist schön, und sie hat ihre Gemeinschaft verlassen, um mit Husseini, der arm ist, zu leben. Dass er arm ist, ist Achmed ein geringer Trost gewesen, und nun soll er, er selbst, sich dieses Trostes berauben. Aber die Mutter wird sterben und als Dämon ihn begleiten, wenn er nicht tut, wie sie will. So geht er zu Leila und Jussuf, um sich mit Jussuf, dem Sohn, zu beraten. Leila ist seine Feindin, die das Haus seines Bruders verlassen hat. Doch hat Leila die Feindschaft vergessen, und als sie ihn sieht, verbeugt sie sich viele, viele Male und küsst beide Hände des älteren Bruders ihres Mannes. Von ihren Hoffnungen und Plänen spricht sie wie von Tatsachen, denen nichts entgegensteht. Bald wird alles sein, wie es war, Ruchna kommt zurück, ja auch Silla, ja auch Husseini. Sarah sei gefahren, sie zu holen, und man müsse nur bedenken, wie es mit der Jüdin werden soll und mit dem Knaben. Jussuf wird das Haus dem Vater zurückgeben, und sie alle werden zusammenleben, glücklicher und zufriedener als vorher. Achmed schweigt und leidet. Immer leidet er um dieses Bruders willen. Husseini hier in Bethschan, Kommunist, mit einer jüdischen Frau. Schlimmeres kann nicht mehr geschehen! Er, der gekommen ist, um zu helfen, beschließt seinen Bruder zu bekämpfen, trotz der Mutter und trotz seiner Angst vor Vergeltung und Dämonen.

Nun kommt auch Jussuf den Oheim begrüßen, und Achmed fragt herzlich und gütig den Sohn seines Bruders, was er für ihn tun kann, und hofft so, die Dämonen und die Mutter zu versöhnen. Jussuf wagt es nicht, von seinem Vater zu sprechen, so wie er es nicht wagt, dem Vater seine Hilfe anzubieten, um nicht dessen Würde anzutasten. So sagt er nur, dass die Schwester in Haifa sei und er für Sarah die Hilfe des Oheims brauche. Für Sarah, nicht für sich. Niemand in Bethschan will sie kaufen, weil sie anders ist, weil sie schreiben kann und lesen und eine Mutter hat, die aus ihres Mannes Haus entflohen. Und einen Vater, der Verräter ist, denkt Achmed. Wer wird ein solches Mädchen in sein Haus bringen wollen. Weil aber dieses Kind ein Opfer des Husseini ist, will Achmed für sie sorgen. Wie er das tun kann, weiß er nicht. Aber noch lebt die Mutter, und ihren Rat will er sich holen, so wird auch sie sehen, dass er ein guter Sohn ist, gehorsam ihren Befehlen.

*

Husseini tut unterdes alles, was er kann, um seine
Tochter zu verstehen und sich nahezubringen. Er
spricht mit ihr, und sie hört zitternd und errötend
ihren Vater zu sich sprechen und wagt nicht, seine
Worte so einfach und gut zu nehmen, wie sie gemeint
sind. Er spricht zu ihr wie zu einem ganz kleinen
Kind und weiß, dass sie beinahe erwachsen ist. Vor
Jahren hätte er so zu ihr sprechen müssen. Alle Väter
seines Volkes müssten so mit ihren kleinen Töchtern
sprechen. Das ist der Anfang. Die Ehrfurcht seiner
Tochter schmerzt ihn heftig. Sie fürchtet ihn, wie
seine Frauen ihn gefürchtet hatten, den Herren über
Leben und Geschick. Er fühlt auch die Heftigkeit
ihrer Liebe, und von Maria weiß er, dass auch sie eine
Aufgabe an ihm zu tun hat. Sie selbst hat zu ihm nicht
davon gesprochen. Doch ist sie um ihn wie ein einziger Ruf, ein einziges Flehen: Zurück! Er bittet sie,
dass sie fragen soll, weil er sie lehren will. Sie schaut
ihn verstört an, weil er nicht weiß, dass es ihr Kummer ist und das Unglück ihres Lebens, dass sie zu viel
weiß. So erzählt er ihr, und sie hört zu mit der Geduld
des Weisen, dem das Leben seine tiefsten Pforten
geöffnet und dem einer vom Weg dahin erzählt. Ich
will dich lehren, Kind, spricht der Vater, ich will dich
retten, Vater, schweigt das Kind.

So vergehen Wochen, und nur manchmal bricht
ein Wort aus ihr, vom Vater mit Gier aufgefangen. Es
war doch gut bei uns damals, als du aus Damaskus
kamst und wir alle in Leilas Zimmer saßen und

Baklava aßen. Dann, als die Herrin Mutter die Dämonen beschwor, da fing es an. Sie haben die Zeichen nicht erkannt, drum verließ uns meine Mutter. Weißt du die Zeichen? Kennst du die Dämonen? Willst du mich lehren, sie erkennen? Nun, Husseini, sag deiner Tochter, dass es keine Dämonen gibt. Hat sie sie doch selbst gesehen und sucht ihre Zeichen überall und findet sie. Mutter und Vater haben sie verlassen, sie ist allein geblieben im Hause des Husseini. Niemand war schlecht zu ihr, denn niemand ist schlecht. Sogar die jüdische Frau ist gut zu ihr, wenn nicht die Dämonen sie packen und sie Fürchterliches sagt und tut.

Husseini war einst ein Knabe, der auch im Dunkeln mit Dämonen rang. Sein Kind will er befreien. Er nimmt und streichelt ihre Hände: »Du sollst Herr über sie werden, Tochter!« Das Kind nimmt das Versprechen des Vaters mit dem ganzen Ernst ihrer großen Seele. Dies will sie wissen, denn dies muss sie wissen, sonst kann sie doch nicht Vater und Mutter zurückbringen in ihr Haus und ihre Stadt. So fragt sie zunächst, warum das Kind, der schöne, kleine Knabe, ohne jeden Schutz gelassen wird. Maria hat ihm das Säckchen, das sie von einer weisen Frau geholt, wieder abgebunden, und sie wäscht die Schutzmale, die sie ihm auf Ohr und Stirn gemalt, mit heißem Wasser wieder weg. »Es gibt keine Dämonen«, sagt Husseini. Sie schaut verwundert und fasst die Worte nicht: »Gibt es keine hier in deinem Haus? Hast du und dein jüdisches Weib sie ganz daraus vertrieben? Ist das auch ganz sicher? Sie können doch jeden

Augenblick wiederkommen, und es wäre doch besser, wenigstens die Zeichen zu lassen.« »Sie können nicht wiederkommen, weil wir nicht an sie glauben.« Da lächelt das Kind. Glaub nicht an Regen, Blitz und Donner – wird es deswegen nicht regnen, blitzen und donnern? »Du geliebter Vater! Woher all die Kraft nehmen, um dich noch dort zu schützen, wo du an keine Gefahr glaubst.« »Nun, Husseini, du willst doch die Frauen deines Volkes aus Ohnmacht, Wirrsal, Versklavung befreien. Fang an, Husseini, zeig, was du kannst.«

Anders war es mit Maria. Sie sprach mit Sarah viele Stunden im Tag, taten sie doch die Arbeit im Hause gemeinsam. Sie zeigte ihr, wie man ein Kind pflegt und das Kind gedieh. Es litt viel weniger als alle Kinder, die Sarah bis jetzt gesehen. Man konnte es sehen, dass das Kind sich wohlfühlte bei der Pflege seiner Mutter, und Sarah sah mit Erstaunen, dass dies besser half als ihre Zeichen. Viel erzählte sie dem Kind von Cherut, muss sie doch, wenn sie ein Kind pflegt, von Cherut sprechen. Vom Kinderhaus, von der gemeinsamen Arbeit, vom gemeinsamen Leben und vom gemeinsamen Stück Brot.

*

Selim, Ruchna und Silla haben es leichter. Die Frauen haben so viel gesehen in diesen Jahren, soviel erlebt, dass sie offener sind dem neuen Denken und dem neuen Leben. Selim wird mit ihnen zu Husseini gehen, so haben sie beschlossen, und Selim hat weder

Weib noch Kind, die er verlassen müsste. Es steht ihm frei, in Damaskus ein Silberschmied zu sein, er kann es auch in Haifa sein oder sonstwo in der Welt. Seine Lehre ist einfach wie das Leben selbst. Hat man sie einmal gehört und aufgenommen, ist es nur schwer zu verstehen, dass es noch Menschen gibt, die anders denken und an Recht und Ehre glauben. »Freiheit, Gleichheit, Brüderlichkeit!« Silla singt es tagelang vor sich hin. Silla, die noch nie einen Atemzug lang frei war, ihr hat es die Freiheit angetan. Sie möchte frei sein. Sie will wissen, wie man frei sein kann. Ihre Gespräche mit Ruchna über Freiheit sind leidenschaftlich. Das erste Mal in ihrem Leben, dass Silla leidenschaftlich für etwas interessiert ist.

Ruchnas große Klugheit ist in den Jahren ihres Dienstes noch gewachsen. Sie glaubt nicht recht, dass Selims Lehre für sie und ihresgleichen gut ist. Für sie und Leila oder auch Silla oder die Frauen, die sie sonst kennt. Weil aber ihre Liebe zu Husseini noch immer stärker ist als alles andere, will sie sich beugen. An der Wahrheit und Redlichkeit der Lehre zweifelt sie auch nicht, aber sie ahnt die Gefahr. Sie ahnt den Verzicht, sie ahnt aber auch die Größe und den Reiz der Lehre. Sie ist gekauft worden wie Silla, nur dass ihr Wille alles gelenkt hat, wie soll sie sich als Sache fühlen? Sie glaubt nicht an Ketten, die für sie geschmiedet wurden. Sie hat sich nie unfrei gefühlt, so wie Silla unfrei war, und sie zweifelt, dass Silla befreit werden kann. Wird sie nicht immer jemandes sein? Doch wird Silla immer kühner und freier, und Ruchna ist beglückt davon wie eine Mutter, deren Kind sich über sie erhebt. Es ist die Freiheit, an der sie wächst. Ihr Gesang berauscht die Künstlerin Ruchna, und ihr Gesang ist Freiheit und immer wieder Freiheit.

*

Cherut heißt Freiheit. Die Frauen und Männer von Cherut haben mit Entsetzen von Marias Tun gehört. Maria das Weib eines Arabers. Sie ist die erste, die so offenkundig die Idee verlassen hat. Die Männer und Frauen von Cherut haben einmal eine revolutionäre Tat getan, und so können sie nicht nur verurteilen. Als sie hören, dass Maria einen Sohn geboren hat und Not leidet, findet sich immer jemand, der über Hilfe sinnt. Die Gemeinschaft ist sehr arm, trotzdem würden sie Maria mit Geld helfen, wenn nur jemand wäre, der diese Hilfe verlangt. Sie aufzusuchen, wagt niemand, aber vergessen hat man sie nicht. Man vergisst sehr rasch in Cherut. Dass sie so den Mut hat, treulos zu sein, dass sie so den Mut hat, das zu leben, was sie denkt, entsetzt die Menschen ebenso sehr, wie sie es bewundern. Man hat öffentlich nicht über sie gesprochen, aber überall, wo einige von den Cherutern in Ruhe zusammensitzen, sprechen sie über Maria. Ihr Wille zur jüdischen Sache strafft sich an dem Verrat der Freundin, doch sind viele in Cherut, denen die jüdische Sache zweitrangig erscheint im Verhältnis zur Sache der Arbeiterschaft der Welt. Immer wieder betonen sie, dass gerade die Juden in einer unmöglichen Situation sind, dass, wenn niemand das Recht auf Betonung der Nationalität hat, Juden gar nicht anders können. Überall verfolgt, überall gehasst, sie können doch gar nicht wie freie Menschen ein freies Werk tun. Ihre Diskussion mit der abwesenden Maria füllt viele Abende und bringt viele Gedanken zur Reife nach rechts und nach links.

*

Achmed fuhr also nach Haifa, um seiner Brudertochter Sarah zu helfen und sie aus dieser schmachvollen und gefährlichen Umgebung herauszuholen. Er hatte Husseinis Tochter einen Brief geschrieben und sie in das Haus von Verwandten gebeten, wohin sie auch kam. »Warum bist du im Hause des Verräters?«, sagt er zu Sarah, die tief erbleichend antwortet: »Mein Vater.« »Ja, dein Vater, der uns alle in Verderben und Schande bringt.« »Mein Vater«, sagt Sarah, »ich will ihn retten, die Dämonen verfolgen unser Haus und du, du bist sein älterer Bruder!« Sie ist sehr tapfer, denn es ist gegen die Sitte, dass ein kleines arabisches Mädchen so zu ihrem Oheim spricht. Achmed schaut verwundert auf sie und versteht, dass er nicht zur Tochter so von ihrem Vater sprechen darf. So wird er noch wütender auf Husseini, der alle Gesetze bricht und verletzt. Schon wagt es dieses Kind, ihren Vater vor Dämonen schützen zu wollen. Achmed lacht hart und bitter und bringt das Mädchen noch mehr in Beschämung und Verwirrung. Sie steht seitlich an der Türe, die Hände gefaltet, demütig wartend, was von ihr verlangt wird und denkt gar nicht daran, dass sie etwas verweigern könnte. Achmed aber hat alle seine Vorsätze vergessen und fühlt sich hilfloser dem allem gegenüber als dieses Kind, dem er helfen wollte und das er schützen soll. So steht er und schweigt, und Sarah rührt sich nicht in Ehrfurcht vor dem älteren Bruder ihres Vaters.

*

Ruchna hat viel an ihrem Kind versäumt. Auf dem Weg mit Selim und Silla nach Haifa zu Husseini sprechen sie oft von ihrer Tochter, die sie einsam zurückgelassen haben und deren Brief sie in der Seele gerührt hat. Sie fragen Selim, was mit Sarah geschehen soll, die sich beklagt, dass niemand sie kaufen will. Selim erzählt ihnen von Frauen, die sich ihre Männer wählen. Darüber lächelt Ruchna, das weiß sie. Dann aber muss doch jemand da sein, der den Kaufpreis zahlen will und sie in sein Haus aufnehmen. Selim spricht von Frauen, die Arbeiterinnen sind und überhaupt nicht heiraten. Das sei ein großes Unglück, sagt Ruchna, und davor wolle sie ihr Kind schützen. So ist es das Schicksal ihrer Tochter, das Ruchna zwingt, von ihrer Selbstherrlichkeit abzugehen und über das Leben nachzudenken, wenn es sich nicht so leicht meistern lässt. Selim will sie trösten und erzählt von Frauen, die Straßenbahnen führen. Silla lacht, wenn sie auch niemals eine Straßenbahn gesehen hat, so ist sie doch schon in einer Eisenbahn gefahren, und sie lacht herzlich, weil sie sich sofort die kleine Sarah, schwarz und rußig, mit einer Pfeife auf der Lokomotive gedacht hat. Selim ist ein wenig ärgerlich über das Lachen und wird eifrig und erregt, und schließlich sagt er den Frauen, sie alle drei müssen für ein Jahr nach Paris gehen, in europäischer Kleidung, damit sie ihre Sendung verstehen, damit sie nicht lachen über so selbstverständliche Dinge wie Frauenarbeit und Freiheit. Da hört Silla mit dem Lachen auf. Über Freiheit lacht sie nicht, und was Arbeit ist, weiß sie auch.

Nachdem sie aber nicht sofort nach Paris gehen können, beschließen sie, die Siedlungen der Juden anzusehen. Selim hat von ihnen gehört, und sie interessieren ihn, weil ihr System dem russischen Kollektiv gleicht. Ruchna verzieht schmerzlich den Mund. Sie denkt an die Nacht in den Gärten der Juden. An ihre Verzweiflung und daran, dass sie jenes Mädchen, das ihr im Morgengrauen Trauben gereicht hat, als Weib des Husseini in Haifa treffen soll. Dass dies ihre Schuld ist, davon ist sie noch immer überzeugt. Aber die Schuld hat ihre Schärfe verloren, wie auch der Schmerz, denn Jahre sind seither vergangen. Ihr Weg führt sie an Bethschan vorbei, und noch sind sie nicht entschlossen, zuerst dahin oder zuerst nach Haifa zu Husseini zu gehen. Jedenfalls wollen sie vorher die Siedlungen der Juden sehen. Die Frauen, weil sie glauben, dadurch dem Weib des Husseini näherzukommen, Selim, weil er ihnen lebendig die Zukunft zeigen will.

*

In Bethschan ist Leila in brennender Erwartung der geliebten Frau. Sarah hat ihr aus Haifa geschrieben, und sie hat die Briefe nicht gelesen. Sie will nicht einmal mit ihrem Sohn ihr Geheimnis teilen, und weder sie noch Fatme können lesen. Sehr demütig hat sie die Mutter des Husseini um die Erlaubnis bitten lassen, sie besuchen zu dürfen, und die sterbende Frau hat sie kommen lassen. Sie sitzt bei ihr, und sie sprechen von Husseini und den Dämonen, und die Mutter verspricht, mit allen Geistern um ihren Sohn zu kämpfen. Leila gehorsam, demütig und gut zu sein. »Ruchna und Silla werden zurückkommen«, sagt Leila, und die Mutter nickt mit dem Kopf wie zu etwas Selbstverständlichem. Weil sie denkt, dass sie mit ihrem Tod die Dämonen versöhnt und sich eigentlich schon gestorben glaubt. Sie verlangt auch nicht, Husseini zu sehen, damit das Opfer vollständig ist und nichts übrig bleibt von dem Übel. Von der jüdischen Frau sprechen sie nicht. Das hat auch keine solche Bedeutung, da sie einen Sohn geboren hat, so wird sie als eines der Weiber im Hause des Husseini leben. Solche Dinge geschehen manchmal und haben weiter keine bösen Folgen, wenn man nur jeden Dienst den Göttern tut, die das Haus beschützen. Leila will wissen, was mit Sarah werden soll, der Tochter der Ruchna. »Sie ist ein böses Weib«, murmelt die Mutter, »ich kann ihr Kind nicht schützen.« Leila weint bitterlich, als sie dies hört, liebt sie doch dieses böse Weib und auch Sarah, deren Tochter. Aber sie wird nichts tun, um ihr Geschick leichter oder besser zu machen, wenn die Herrin Mutter es anders beschlossen.

*

Maria ist so betroffen von der Verstörtheit des Kindes, dass sie Sarah, gegen ihre Art, auf die Knie nimmt, küsst und streichelt und sie bittet, ihr zu sagen, was ihr geschehen. Ein schüttelndes Weinen ist die Antwort und es dauert lange, bis sie die Frage herausschluchzt: »Warum ist mein Vater ein Verräter?« Maria fühlt ihr eigenes Erbleichen, und ihre Stimme klingt rau bei den Worten: »Wer sagt, dass Husseini ein Verräter ist?« »Mein Oheim, sein älterer Bruder, Achmed.« Schmerzhaftes Mitleid hat Maria gepackt und Zweifel, ob sie dem Kinde aus all diesen Schwierigkeiten wird helfen können: »Hast du Böses gesehen, hier in unserem Hause, Tochter des Husseini?« »Nein«, sagt das Kind, »nur ihr verachtet die Dämonen, und ich fürchte ihre Rache.« »Hier sind keine Dämonen, das musst du glauben.« »Ich will es glauben, aber ich fürchte mich.« »Kannst du die Furcht vergessen und verstehen, was ich dir sage, Sarah, so höre mich! Ich und dein Vater und viele mit uns, wir wollen die Mauern niederreißen zwischen den Völkern. Brot für alle! Freiheit für alle! Glück für alle! Kannst du das begreifen, geliebtes Kind? Sie nennen auch mich eine Verräterin, weil ich eine Jüdin bin und deinen Vater liebe und mit ihm zusammen für unser beider Volk arbeiten will. Bin ich schlechter als die Frauen, die du kennst?« »Nein, aber du bist fremd, und fremd sind dir unsere Sitten. Du weißt nicht, wie wir leben, und es ist manchmal sehr hart an deiner Seite. Wärest du mit uns in Bethschan, es wäre noch mehr Schande, als dass meine Mutter uns verlassen hat. Wenn es keine Dämonen gibt, warum hat meine Mutter uns verlassen, Frau?« Das Kind sagt dies plötzlich hart und kalt. »Ich weiß es nicht, mein Kind«, antwortet Maria, »aber willst du mit mir gehen, sie suchen und sie fragen und sie bitten zurückzukehren?« »Zu suchen brauchen wir sie nicht, sie hat geschrieben, dass sie kommen will. Zu dir, zu mir und Leila, der Herrin.« Von ihrem Vater spricht sie nicht, ist dies alles doch viel zu viel, für das, was erlaubt ist: »Ich habe Juden gesehen, es waren Knaben und Mädchen, es ist nichts, wir haben miteinander gespielt, bei den Teichen des Herodes.« Man sieht es ihr an, wie sehr ernsthaft sie überlegt: »Dort war ein Knabe so alt wie ich, wenn er mich kaufen wollte, damit ich sein Weib sei, das wäre ganz gut. Aber Juden kaufen keine Frauen, Maria. Siehst du, Maria, es geht also gar nicht, denn wer sollte meinem Vater zahlen, was ich ihn gekostet habe, und ich habe viel gekostet, weil ich in die Schule ging und lesen und schreiben lernte. So wollte es Jussuf, mein Bruder, aber es ist kein Glück dabei. Du sagst Glück für alle, ich möchte auch Glück für alle und auch ein wenig für mich. Für mich ist kein Glück. Leila sagt es, es ist kein guter Stern an meinem Himmel. Und überall, überall feindliche Dämonen.« Sie schluchzt und weint, und Maria will helfen und trösten und weiß nicht wie.

»Weißt du, was es heißt, ein Verräter sein?«, fragt sie mit großem Ernst. »Ja, es bringt Schande und ist Weggehen von Bethschan und ein jüdisches Weib heiraten.« Maria kann nicht anders, sie lächelt und nimmt ihre kleine Widersacherin bei beiden Händen und sagt ihr schmeichelnd und liebkosend: »Nun komm, meine kleine Verräterin, du bist doch auch aus Bethschan weggegangen, und einen Juden würdest du doch auch heiraten, wenn er dich bei deinem Vater kauft!« Flammend vor Entrüstung springt die Kleine auf und sagt: »Nein! Ich habe es mit Leila besprochen, und ich bin gekommen, euch heimzuholen. Dich und Husseini, meinen Vater.« »Ach so«, sagt Maria, »dann ist es ja gut, also bist du keine Verräterin.«

*

Husseini hat eine Brotarbeit gefunden, die ihn und die Seinen vor Hunger schützt, und tut seine Arbeit in der Partei. Seine Stellung wird immer gefestigter und besser. Seine Ruhe, sein klares, ehrliches Denken, sein Mut und Opferwillen haben ihre Wirkung. Der Weg, den er in ein paar Jahren gemacht, ist sehr lang, und es wird wohl noch viele Jahre dauern, ehe ihn sein Volk einholt. Wenn er jetzt mit Maria spricht, ist nicht immer sie die Führende, auch nicht immer die Radikalere. Denn sie ist ein Weib mit einem jungen Kind, und die Mutterschaft hat ihr die Flügel ein wenig gestutzt. Sie ist sich dessen mit einiger Bitterkeit bewusst, aber auch, dass ihr

Kampf inhaltsreicher und zukunftsfroher geworden ist. Als ihr Husseini einmal zuviel Draufgängerei vorhält, antwortet sie: »Das Muttertier ist immer kampfbereit.«

Das Kind nimmt viel Raum in ihrem Leben ein. Husseini scheint es, als sei er erst jetzt Vater auch seiner früher geborenen Kinder geworden. Sein Werben um die Tochter der Ruchna, sein Wille, sich ihr verständlich zu machen, zwingt ihn zu geistigen Anstrengungen, die seine Entwicklung fordern. Seine Beziehung zu Jussuf, die immer gut war, verliert das Traditionelle vom Vater zum Sohn, und er weiß, wenn er ihn wiedersehen wird, wird er sein Freund und Vertrauter sein wollen. Fatme, seine schöne Tochter! Was kann er wohl für sie tun? Darüber gleiten seine Gedanken rascher fort als er will. Sie ist verbunden mit Leila, die ihm fremd geworden ist und die der Mann in ihm doch nicht vergessen kann. Ist sie doch das erste Weib in seinem Leben gewesen, wie lässt sich das vergessen? Sarah sagt ihm, dass Leila Versöhnung anstrebt und gut sein will. Sie will es auch gegen ihre Brüder mit Husseini halten. Was gehen Leila die politischen Zwistigkeiten der Männer an, versteht sie doch kein armseliges Wort davon. Husseini fühlt sich ihr auch verpflichtet und begreift nicht mehr sein eigenes Haus und sein eigenes Weib. Es scheint ihm, dass sogar Leila ihn verstehen muss und auch Fatme seine Wege gehen werde.

*

Sie haben weder Tanz noch Gesang vergessen, die beiden Frauen bei ihrer Rückkehr aus Damaskus. Wieder stehen sie am See Kinereth, und Sillas singende Seele jauchzt Freiheit. Sie bittet Ruchna zu tanzen. Nicht mehr für den Liebesgott, sondern für die Freiheit, und Ruchna tanzt. Von allen Orten rings um den See sind sie gekommen, Ruchnas Tanz zu sehen, und Silla singt:

Wie sind deine Wellen stürmisch, Kinereth!

Es sei, wie es sei, doch sei frei!

Du bist gefesselt? Du willst dich befreien?

Es sei, wie es sei, doch sei frei!

Wir wollen dir singen, wir wollen dir tanzen.

Es sei, wie es sei, doch sei frei!

Bis du dich hebst und befreist wie dein Volk!

Es sei, wie es sei, doch sei frei!

Ist Armut dein Gott, seit ewigen Zeiten?

Es sei, wie es sei, doch sei frei!

Freiheit, wir gingen dich suchen, dich finden!

Kinereth, Kinereth, du Abbild der Freiheit!

So sei und sei frei!

Ruchnas Tanz versteinert die Herzen und lässt sie wieder weich werden. Sillas Gesang aber ist führend geworden. Was einmal schüchtern Begleitung, ergebenes Mitgehen war, ist jetzt rufend, heischend, fordernd. Ihr hat es die Freiheit angetan. Die Sehenden und Hörenden sind in Taumel geraten und tanzen alle auf der Straße nach Kinereth. Hand bei Hand, ein unendlicher Zug. Silla voran und alle ihnen nach.

Wer diesen Zug im Mondschein gesehen hat, den befällt Freude und Angst vor den Kräften, die im Menschen stecken. Vor allem ist es Selim, der plötzlich sieht, welche Kräfte ihm da zuteil geworden. Was er spielerisch erhofft, er sieht es möglich, wirklich, ausführbar, die Wirkung durch die Frauen. Der Tanz einem Ziele zu ist für die palästinensischen Araber nichts Ungewohntes. Ungewohnt ist nur, dass Frauen führend sind und es andere als religiöse Ziele sein sollen.

*

Achmed, der in der nationalen arabischen Partei steht, ist sehr gedrückt und verstimmt von all dem Bösen und Ungewohnten, das seiner Familie geschehen ist. Der Ruf der Frauen ist zu ihm gedrungen, und er hält es für keine Ehre, dass sie durch ihren Tanz und Gesang das Land in Aufruhr und Begeisterung bringen. Nichts im Tanz und Gesang der Frauen ist ihm politisch verdächtig, und solange sie fern von Husseini sind, glaubt er auch keinen Augenblick an Gefahr von dieser Seite. Im Gegenteil, das Lied der Silla gefällt ihm. Lässt es sich ja auch so deuten, wie er es will. Nur eine Frau darf es nicht singen. Es ist schlimmste Verwilderung, Frauen aus dem Hause zu lassen. Darf doch eine Frau aus seinem Hause auch verschleiert nicht allein über die Straße gehen. Er wird es nicht dulden, dass sie noch einmal Bethschan verlassen. Er wird, anders als Husseini, ihnen den Herrn zeigen. In seiner Phantasie ist es ja auch nicht schwer, die beiden Frauen seines jüngeren Bruders in ihr Haus zu sperren. Zum Teufel mit Gesang und Tanz. Und Freiheit gilt für Männer und auch nur für solche wie ihn, die zur Herrschaft geboren sind. Seine Laune bessert sich etwas bei diesem Sieg und bei dem Gedanken, seinen Bruder zu demütigen.

Noch lebt die Mutter, obwohl dies kaum so genannt werden kann. Aber sie atmet noch, und heute Morgen schien es ihm, als flüsterte sie den Namen Husseini. Das brennt und schmerzt, er hätte schreien mögen vor Qual der Eifersucht. Weil das so war, hat er laut und deutlich die Mutter gefragt, ob er Husseini rufen solle zum Abschied, und ganz schwach aber deutlich hatte die Mutter verneint.

*

Sarah hat die Worte ihres Oheims nicht vergessen. Sie spricht darüber mit Maria, sie spricht auch manchmal mit Husseini, und sie ist jetzt schon näher dem Leben und Denken ihres Vaters als ihre Mutter und Silla. Sie muss sich mit der Leidenschaft eines Kindes mit den feindlichen Weltanschauungen in ihrem Leben auseinandersetzen. Sie begreift auch, was Arbeit ist. Wenn sie auch keine Lohnarbeit getan hat, hat es doch Zeiten gegeben, wo sie mehr leisten musste, als sie kann. Es hat Zeiten gegeben, wo sie Fatme beneidete, weil sie fröhlich und selbstverständlich Dienste verlangte, und sie, Sarah, hatte sie getan. Es kam davon, dass ihre Mutter sie verlassen hat. Es war auch, weil Fatme in stetem Schutz ihrer

Mutter stand, und so groß Leilas Liebe zur Tochter der Geliebten war, duldete sie doch die Übergriffe ihrer Tochter. Sarah versteht, dass man um seinen Platz und sein Brot kämpfen muss, und wenn sie glauben könnte, dass es helfen kann, wenn sie sich frei machen könnte von ihrer Angst vor den Dämonen, von ihrer Ehrfurcht für Sitte und Gebrauch, sie würde so wollen, wie Maria will. Maria spricht nie mit ihr in der Terminologie der Partei. Sie würde sehr erstaunt sein, wenn ihr jemand sagen würde, dass sie von der P.K.P. verseucht ist. Sie versteht wirklich nicht, warum Achmed den Husseini Verräter nennt. Sarah hat in Haifa auch Juden gesehen und davon gehört, dass Juden nach Palästina heimkehren wollen und man das Zionismus nennt. In Bethschan gibt es Deutsche und Engländer und Abessinier und Amerikaner und Juden, die Arabisch sprechen und wie Araber gekleidet sind. Verrat ist so ein furchtbares Wort, und Sarah, die in die Schule ging, hat einen schrecklichen Eindruck davon, sodass alles, womit sie ihren Vater beschuldigen könnten, dafür nicht genügt. Dieser Vater ist außerdem ein so wunderbarer, ein so seidener, weicher, liebenswerter Vater, dass man sterben möchte, wenn man ihm damit etwas Gutes tun oder gar helfen könnte. Der Oheim will gar nicht helfen. Er hat keine Beschwörungen, keine Gebete, keine Tänze, keine Amulette für Husseini, nur Fluch und Schimpf und wilden Hass. Wenn der Oheim Angst hatte, dass die Dämonen auch sie verderben können, warum hat er dann nichts getan, um sie wegzuholen? Warum hat er ihr nicht den kleinsten Segen gegeben, nicht einmal eine Bernsteinkette, die sie wenigstens nachts hätte schützen können?

Das kleine Mädchen ist im dunklen Märchenwald der Gefahren und Ängste, sie ganz allein, und sie ganz allein wird ihren Vater retten und ihre Mutter heimbringen.

*

Husseini und Maria haben ihre Leidenschaft in ihre gemeinsame Stellung zum Leben und zur Partei gerettet. Sie wollen so sehr Anteil haben am Ringen um die Zukunft, sind sich einig, ihr eigenes Leben nebensächlich zu sehen, wie wenn sie nicht Mann und Weib, sondern Kameraden, verbunden durch die Idee, wären. Jeden Hauch, jeden Gedanken bringen sie einander, und ihre nächtlichen Gespräche sind hingerissener und ausdrucksvoller als die Verbindung ihrer Körper.

Sie beraten über Husseinis Familie, über seine Frauen und seine Kinder. Marias Einstellung bleibt immer frei von Selbstischem, immer ist ihr Rat diktiert von Vernunft, Anständigkeit und Geradheit. Sie klagt, dass ihr Sinne fehlen, das kleine Mädchen neben sich wirklich zu verstehen: »Ich fühle mich blind und dumm, ich sehe keine Gefahren, wo sie zittert. Ihre Angst steckt mich an, ich fürchte mich mit dem Herzen und weiß nicht wovor.« Er bittet sie, in ihre Kindheit zurück zu tauchen, ob es da nicht Ängste gegeben hat, zwischen Strauch und Busch, zwischen Mond und Stern. Natürlich gab es das, und es gab noch Schlimmeres. Verantwortlich sein, damit nichts Übles geschehe, und Zittern für das Leben der Mutter. Maria lächelt ein wenig über ihr Wissen von der Verbundenheit mit der toten Mutter, und was Sarah von ihrer Mutter sagt, die sie verlassen, wird ihr verständlicher: »Lieber tausend Dämonen als eine Mutter, die mich verlassen, die mich vergessen hat.« Sie hoffen, dass das Kind sich ihnen zuwenden wird. Nicht nur in blinder Liebe zum Vater, sondern in freier und offener Liebe zur Welt. Sie geben einander Mut und Hoffen, und Maria freut sich, dass es so viel Schwierigkeiten zu überwinden gibt.

*

Der Tanz auf der Straße von Kinereth hat die Frauen mehr erregt als all der unverhoffte Erfolg, den sie bis jetzt hatten. Den Tag darauf blieben sie in Tiberias, in einem verwinkelten und verbogenen Haus, in dem sie Unterkunft gefunden hatten, und sprachen davon, welches der jüdischen Kollektive sie besuchen wollten. Sie waren an Deganjah vorbeigekommen, aber nicht eingetreten, weil die großen, herrschaftlichen Häuser sie abschreckten und auch weil sie noch zu erregt von ihrem Tanz waren, um sich gleich in den anderen Rhythmus der täglichen Arbeit in einem Kollektiv umstellen zu wollen. So gingen sie durch Tiberias, diese Stadt, in der man es fühlt, dass sie auf Meeresgrund gebaut ist, arm und wie verkrüppelt, in bewegter Luft und jedem, der nicht in ihr geboren, abstoßend wie etwas Gefährliches, dem man verfallen könnte.

Selim hat sich mancherlei Auskunft geholt und ist davon nicht klüger geworden. Man sagte ihm so viel und so Verschiedenes und Fremdartiges über die jüdischen Kolonien, wie er es in Paris nicht gehört und in Damaskus nicht gesehen hatte. Das, was er von den Kollektiven in Russland gelesen hatte und was ihm Genossen, die aus dem Lande seiner Ideen kamen, erzählten, ließ sich mit dem, was er hörte, nicht vergleichen. Natürlich weiß er, dass seine Berichterstatter nicht nur die Wahrheit erzählten, aber er meint, sie müssen doch auch die Wahrheit erzählen, und er findet sie nicht. Man erzählt ihm, es sei immer einer, dem alle Gehorsam schwören, und Selim fragt sich verwundert: »Warum?« Man sagt ihm, dass alle Kinder gleich nach der Geburt den Müttern weggenommen werden, und Selim fragt sich verwundert: »Warum?« Wie die Abhängigkeit der Frauen von den Männern sei, das sei ihr Geheimnis, das sie ängstlich hüten, und Selim fragt sich verwundert: »Warum?« Es ist auch noch niemandem gelungen zu erfahren, wer ihre Götter sind, obwohl sie zu Festen manchmal Araber einladen. Dass es nicht der Gott der Juden ist und sie nicht deren Gesetze befolgen, wissen sie von den Juden der Städte, die keine Gemeinschaft mit ihnen pflegen und Trauer anlegen, wenn eines ihrer Kinder in die Kommunen der Arbeiter geht. Selim fragt immer mehr, und immer verworrener sind die Antworten, die er bekommt. Er fragt nach den Bedingungen der Arbeit, und man erzählt ihm Dinge, die sich anhören wie Geschichten über Sklaverei. Es gibt keinen Lohn, also warum nennen sie sich Arbeiter? Sie sind in die sozialistischen Organisationen eingereiht, aber es gibt keine feste Stundenzahl. Die Glocke ruft zwar zur Arbeit, das haben alle beobachtet, aber sie haben auch nachts und in der Ruhezeit Menschen arbeiten sehen. All dies steigert Selims Neugier, und er möchte jetzt schon sehr gerne viel davon wissen, nicht nur der Frauen wegen. Es ist ihm aufgefallen, dass die Araber in Palästina viel offener und freier, aber auch viel gleichgültiger auf seine Agitationsversuche reagieren. Er hat immer beinahe verständige Antworten bekommen und beinahe nie eine leidenschaftliche. Er kann es auch nicht fassen, dass alle diese Menschen kaum dafür interessiert sind, was hier so unerhört Neues geschieht. Ruchna und Silla haben manchmal zugehört und nur selten gefragt. Ruchna nach Liebe und Silla nach Freiheit. Über beides wussten die Menschen, mit denen sie sprachen, gar nichts.

Sie fuhren von Tiberias mit dem Auto nach Nazareth und von dort nach Afule. Von Afule wollten sie durch das Emek nach Cherut, das Ruchna gewählt hatte in Erinnerung an die Liebesäpfel, die sie dort gepflückt.

*

In Bethschan, um das sie einen großen Bogen gemacht haben, ist unterdes Husseinis Mutter gestorben und begraben worden. Leila und ihre Kinder trauern aufrichtig, und Achmeds Kummer ist tiefer als sein innerlicher Triumph. Husseini ist nicht zum Begräbnis seiner Mutter gekommen. Nicht, weil er nicht wollte, sondern weil er schließlich doch eingesperrt wurde. Aus einer nichtigen Ursache, hauptsächlich, weil die Engländer eine Demonstration erwarteten und alles einsperrten, was nur irgend in Beziehung zur kommunistischen Partei stand.

Jussuf hatte geweint, als er davon hörte und wusste nicht, wie zu helfen. Aber in Wirklichkeit hat das Gefängnis seinen Schrecken verloren und vor allem, es hat nichts Verächtliches. Man kann nicht einem jungen Menschen, der seinen Vater liebt, weismachen, dass es eine Ehre ist, für die arabische nationale Partei eingesperrt zu werden, und eine Schande, für die kommunistische Partei eingesperrt zu werden von derselben Regierung in dasselbe Gefängnis. Es schmerzte sehr, für den Vater nichts tun zu können. Ohne Achmeds Hilfe konnte er die Summe, die notwendig war, um Husseini in Freiheit zu setzen, nicht aufbringen, und Achmed hatte das, trotz Dämonen und trotz der Drohungen der Mutter, verweigert.

Sarah schrieb, dass Husseini und sein jüdisches Weib auch nicht wollten, dass die Familie sich zu seiner Befreiung anstrenge. Sarah schrieb von ihren unaufhörlich fließenden Tränen, aber Maria tue ihre Pflicht fröhlich und guter Laune. Maria wolle ihr die Pflege Ismaels anvertrauen und selbst Arbeit suchen, solange Husseini im Gefängnis sei. Das sei aber schwierig wegen der Dämonen: »Sie will, ich solle glauben, es gibt keine Dämonen. Ich bitte Euch, Herrin Mutter Leila, wie soll ich glauben, dass es keine Dämonen gibt, wie soll ich tun, als ob sie nicht wären, wenn sie doch Tag und Nacht um mich sind und ich ihre Zeichen und Spuren überall sehe?« Das Zwingendste an Maria ist, dass sie nicht an Dämonen glaubt. Dass sie unverschleiert ist, dass sie mit Männern spricht wie mit ihresgleichen, dass sie diesen schamlosen, prüfenden und abschätzenden Blick hat, das alles ist kein unüberwindliches Hindernis. Aber wie soll man mit ihr leben, wenn sie nichts tut, um sich vor Dämonen zu schützen und unentwegt sich und ihre Umgebung in Gefahr bringt, indem sie die Dämonen kränkt und beleidigt?

Jussuf liest dies seiner Mutter vor. Die Tatsache, dass Husseini nicht zum Begräbnis kam, war so schwerwiegend, dass sie Sarahs Brief dem Sohne preisgab. Jussuf lächelt nicht über die Angst vor den Dämonen, denn ganz frei ist er auch nicht davon. Er sagt nichts zu seiner Mutter, aber er beschließt, die Sorge um die Erhaltung der Familie seines Vaters auf sich zu nehmen. Daran kann und wird wohl Achmed ihn nicht hindern.

*

Maria, die keine Ahnung hat von dem Helfer, der ihr hier erstanden, ist guten Mutes. Alle ihre Freunde waren schon im Gefängnis. Eigentlich tut es ihr ein wenig leid, dass nicht sie, sondern Husseini eingesperrt wurde. Das körperliche Leiden, das mit dem

Gefängnis verbunden ist, ist zu gering, um wirklich diese Menschen zu brechen. Zur Ehre der Verwaltung muss gesagt werden, dass noch kein Kommunist aus einem palästinensischen Gefängnis gebessert herauskam. Die jüdischen Einwanderer werden daher auch meist sofort nach der Strafe des Landes verwiesen. Das kann man mit Husseini nicht tun. Er wird leiden. Die Festung in Akko ist feucht und ungesund. Das Essen ist schlecht. Es fehlt an allem, was ein Mensch an Reinlichkeit und Kultur braucht. Maria war noch nie in einem Gefängnis, sie kann es sich nicht vorstellen. Lowka hat ihr erzählt, wie aufgebracht und verzweifelt er manchmal war. Wie unerträglich die Wärter, obwohl ihre Brutalität nur Natur ist. Sie wollen nicht brutal sein. Sie haben so viele Gefangene, denen sie mit Ehrfurcht begegnen, weil sie große Diebe sind oder sonst Helden, dass sie nicht genau unterscheiden können, warum man vor einem Mann wie Husseini, dessen Wesen noch gütiger, noch milder und dessen Schönheit noch eindrucksvoller ist als einst in Bethschan, nicht Scheu und Ehrfurcht haben soll? Maria wenigstens glaubt so. Sie glaubt, dass Husseini sogar in einem Gefangenenwärter den Menschen erwecken muss.

Husseini ist mit seinen Kameraden aus der Partei zusammen. Man hat es nicht nötig gefunden, sie zu trennen. Sie sind missgestimmt. Die anderen, nicht er. Sie schimpfen und ärgern sich. Husseini bittet um gute Laune und Ruhe. Er spricht mit Leuten, mit denen er bis jetzt zu sprechen keine Gelegenheit hatte. So wird er das erste Mal einen anderen über Maria sprechen hören. Dass sie sich hier treffen, ist Gewähr, dass hier niemand gegen Maria ist. Der kleine unruhige Mensch kennt Maria aus der Zeit in Cherut. Er wundert sich, dass sie Geduld hat, still zu sein und den Mann ins Gefängnis zu lassen. »Weil sie einen Sohn hat«, antwortet Husseini, und »auch ihre Zeit wird kommen.« »Ich wünsche ihr etwas Besseres. Gar so schön ist es hier nicht«, lacht der andere widerwillig. »Arbeitet sie?« »Ja«, sagt Husseini, »sie lebt und kämpft mit meiner kleinen Tochter gegen die Dämonen.« Dann erzählt er von seinem Haus, von seinen Frauen, und was Maria hier tun kann und will. Es ist nicht wenig, und es ist nicht leicht: »Wenn es ihr gelingt, den Acker zu bereiten, ist mir um die Saat nicht bange.«

Maria hat Arabisch sprechen gelernt und ist in das arabische Leben eingedrungen. Wenn sie das alles überlegt als Parteiarbeit hätte tun sollen, sie hätte es nicht besser machen können. Husseini blickt auf dies alles wie ein Außenstehender. Sein Leben in Beth-schan ist ihm völlig entrückt. Beinahe hat er es auch schwer, sich in all die Unschuld zurückzudenken.

*

Silla, Ruchna und Selim gehen. Sie gehen in der Mittagssonne zu Fuß von der Bahnstation nach Cherut. Schon auf dem Weg ist viel Ungewohntes, anderes als im arabischen Palästina. Sie sehen Männer und Frauen gemeinsam Maschinen bedienen. Sie sehen Traktoren und Kombine. Wassergräben aus Beton. Selim ist voll staunender Bewunderung. Die Frauen schauen verwundert auf die Tracht ihrer jüdischen Schwestern. Scheinen es doch eher Knaben als Frauen zu sein. Das Sporthemd der ehemaligen Studentinnen ist zur Arbeitsbluse geworden, dazu kurze Hosen, Sandalen und ein Leinenhut zum Schutz gegen die Sonne. Das Quantum an Bekleidung ist so gering, dass es den Frauen beinahe schamlos erscheint. Der Gegensatz ist vielsagend. Die einen im Schleier, bedeckt bis zu den Zehenspitzen. Die anderen so wenig bekleidet, wie es nur geht, und dennoch Frauen, an deren Würde nicht gezweifelt werden kann. Ruchna und Silla beschließen gleichzeitig, Seidenmantel und Schleier abzulegen, worüber Selim sehr erfreut ist, weil er gerne unauffällig sein will. Das, was übrigbleibt, ist noch genug, um hier aufzufallen. Seidene Kleider, seidene Strümpfe, Schuhe nicht geeignet, auf diesen Straßen zu Fuß zu gehen. »Wir hätten ein Auto nehmen sollen«, denkt Selim, und alle haben sie Lust umzukehren, um sich für ihre Fahrt besser auszurüsten. Dennoch gehen sie weiter und nähern sich Cherut immer mehr und mehr. Durstig und müde gehen sie, wie Wanderer, denen ein Ziel winkt und Ruhe. Diese Stunde Fußweg hat ihre Einstellung merkwürdig verändert. Sie denken mehr an Wasser als an die soziale Konstruktion von Cherut und mehr daran, ob man sie gut aufnehmen wird, als daran, ihre Neugierde zu befriedigen. Und sie haben Glück.

Der erste Mensch, den sie treffen, versteht Selims Französisch und bringt sie sofort in ein Zimmer, in dem sie ausruhen können, bringt Trinkwasser und Waschwasser. Als dann eine Glocke läutet, kommt ihr Gastfreund sie holen. Sie gehen durch eine Allee von Zitrussen ins Esszimmer von Cherut. In dem großen, sehr schönen Raum stehen einfache Holztische und Bänke. Die Frauen setzen sich etwas befangen an einen der Tische, essen, was ihnen geboten wird und horchen auf, weil sie Arabisch sprechen hören. Ihre Sprache hier zu hören, freut sie sehr. Ruchna fragt die neben ihr sitzende Frau, ob sie Arabisch kann. Die Frau verneint, steht aber auf und kommt mit einem reizenden, jungen Mädchen zurück, die ihr lächelnd ihre geringen Kenntnisse anbietet.

Es ist gut, dass Silla und Ruchna gerade von Dina informiert werden. Sie verspricht, ihnen das Kinderhaus zu zeigen, der Stolz der Gemeinschaft. Die Schule, in der die Kinder auch wohnen, und alles, was materiell die Gemeinschaft bezeugt. Sie erzählt ihnen von der Einteilung in Wahl- und Pflichtarbeit. Von der Schwierigkeit, alles zu können, von den Pflanzungen, in denen zu arbeiten so gut ist und von wo man sie zur Kinderwäsche geschickt hat. Sie plaudert selbstverständlich von Selbstverständlichem und überlässt es den beiden, sich zurechtzufinden. Ruchna findet als nächsten Vergleich ein Kloster, wird aber von Dina zurückgewiesen: »Im Kloster gibt es dienende Schwestern und eine Äbtissin, und bei uns müssen alle alle Arbeit tun, und Nonnen sind wir auch nicht«, fügt sie noch hinzu. Silla fragt, wie es mit der Kleidung ist. Dina antwortet sehr großartig: »Es gibt keinen Besitz«, kleinlauter, »man näht für jede Frau nach ihrem Geschmack in den Grenzen unserer Armut.« Von Armut spricht Dina, als ob das ein großer Vorzug und jedenfalls ein großer Stolz wäre.

Silla, die in Not aufgewachsen ist, ist zuerst davon empört. In Nouris, wo sie zuhause ist, leben die reichsten Fellachen unverhältnismäßig schlechter, als sie es hier sieht, und das nennt Dina Armut? So sagt sie auch: »Ihr seid nicht arm.« Dina, die von der Armut ihres Lebens überzeugt ist, weist dies verwundert zurück. »Die Araber, die hier im Zimmer sind, sind Gäste wie wir?«, fragt Silla. »Ja«, antwortet Dina. »In eurer Gemeinschaft sind nur Juden?« »Ja«, antwortet Dina, »nur solche mit gemeinsamer Vergangenheit, beinahe alle waren wir zusammen in Jugendbünden.« »Also seid ihr keine sozialistische Gemeinschaft.« Dina ist verblüfft von dieser Schlussfolgerung und weiß nicht zu antworten. Nachdem sie einen Augenblick überlegt hat, sagt sie: »Wir führen das Leben einer sozialen Gemeinschaft.« Silla: »Dies ist nicht das, wovon Selim gesprochen hat. Hat Maria euch deswegen verlassen?« Dina horcht erstaunt auf: »Was weißt du von Maria?« »Gar nichts«, antwortet Silla, »wir wollten sie hier kennenlernen.« Ruchna, die gewandter ist und nicht will, dass Silla zu viel sagt, bittet, dass ihr gezeigt wird, was zu sehen ist. Sie findet auch, dass hier genug Sozialismus sei für eine Generation. Sie glaubt mehr daran, dass die

Liebe zu Husseini Maria von hier weggezogen hat als Unterschiede sozialer Natur. Ruchna hat nicht aufgehört zu glauben, dass es die Dudaim sind, die Maria in Husseinis Arme geworfen.

Sie gehen mit Dina an Selim vorbei, der wie eine Beschwörungsformel zu dem Mann, mit dem er spricht, sagt: »Arbeiter, aller Länder, vereinigt euch! Arbeiter aller Länder, vereinigt euch!« Der Mann, der vor ihm steht und der so möchte wie er, sagt resigniert und niedergeschlagen: »Das geht noch nicht, das geht noch nicht. Die Unterschiede sind noch zu groß.« Damit hören sie auf, über Beziehungen zu sprechen, und auch Selim will nur mehr sehen, was hier geschieht. Sie gehen gemeinsam wieder durch die Zitrusallee, sie sehen das Kinderhaus, die Schule, die Ställe, den Hof, alles, was materiell für Gemeinschaft zeugt, und sagen zu allem: »Ja«, mit der Einschränkung, »wenn für alle.« Wenn nicht für alle, dann bleibt dies ein sehr interessantes Experiment. Damit verlassen sie Cherut und begeben sich auf den Weg nach Haifa, zu Husseini.

*

Es ist der Tag, an dem Husseini das Gefängnis verlassen soll, an dem Selim und die beiden Frauen nach Haifa kommen. Von Nachbarn hören sie, dass sowohl Maria mit dem Kinde, als auch Sarah mit ihren Geschwistern und Leila in Akko sind, vor den Toren des Gefängnisses auf Husseini wartend. Vor dem Tor des Gefängnisses küsst Leila leidenschaftlich Ruchnas

Hände und Ruchnas Mund. Silla geht auf Maria zu, ihr beide Hände entgegenstreckend. Von sich aus hat sie den Gruß der Freundschaft und Gemeinschaft für Maria gefunden. Maria blickt von ihr weg auf Sarah, die zu Ruchnas Füßen liegt, von ihr alles erhoffend, was Maria und Husseini ihr geben wollen. Selim begrüßt Maria als Genossin. Dann sitzen sie gemeinsam, die Augen aufs Meer gerichtet, vor der Festung Akko. Wartend, dass das Tor sich öffne und Husseini herauskommen soll, mit dem zusammen sie ihr Leben im Dienste der Menschheit einrichten wollen.

Husseini, seine Aktentasche unter dem Arm, in arabischer Kleidung, tritt aus dem Tor des Gefängnisses. Sein erster Blick trifft Maria, aber Hand und Fuß wenden sich Leila zu, die sich tief vor ihm verbeugt, den Saum seines Gewandes an die Lippen führt, während er, seine flache Hand auf ihre Stirne gelegt, die andere Hand auf sein eigenes Herz, ihr Worte der Ehre und des Grußes sagt. Leila ist als Kind neben ihrer Mutter in Mittagsglut und Staub hinter dem Pferd gelaufen, auf dem ihr Vater mit der lachenden jüngeren Frau saß. Viel von dem, was sie Husseini angetan, war Hass und Rache für das, was ihrer Mutter geschehen. Die Mutter, die sonst gut zu ihr war, hatte sie an jenem Tag, als sie vor Müdigkeit weinte, hart geschlagen. Die Härte ihres Blickes hat Schwielen in Leilas Herz gepresst. Sie, die ihr Leben triebhaft auf sich selbst begrenzt, hat Husseinis Blick zu Maria und seine Wendung zu ihr sehr wohl gesehen, und sie wird wissen wollen, was den Mann ihres Volkes zu Verzicht und Güte gebracht hat. Silla ist zur Seite getreten, während Sarah ihre Mutter näherzieht zur Begrüßung des Vaters. Ruchnas Herzschlag stockt, sie ist kalt von den Zehenspitzen bis zu den Spitzen ihrer Haare. Zu sehr hat sie um diesen Mann gelitten, als dass seine Körperlichkeit ihr genügen könnte. Ist dies der Mann ihrer Träume? Fremdheit ist um ihn bis zur Unerträglichkeit, und wäre nicht die Hand ihrer Tochter, Ruchna würde fliehen, um ihren Traum zu bewahren.

Es ist, als ob Husseini dies alles wissen und begreifen könnte, so verstehend ist sein Lächeln, so gütig sein Blick. So sprechen sie Formeln des Herzens und finden es gut, dass es solche Formeln gibt, die den armen Menschen aus ihrem Fühlen helfen. Sehr freudig begrüßt er Jussuf, seinen Sohn. Ihm muss er wohl Rechenschaft geben. Die Gedanken seines erstgeborenen Sohnes will er wissen, um seine Nähe möchte er kämpfen. Er blickt auf Silla, die er liebt wie immer und die sich ihm entzieht wie immer, begrüßt Maria mit einem Händedruck, den Knaben auf den Arm nehmend, während Selim, Fatme an der Hand, auf ihn zukommt.

Die anderen Freigelassenen sind vorausgegangen. Sie haben Maria mit den Augen gegrüßt, und alle gehen sie zur Busstation, um nach Haifa zu fahren. Maria ist freudig beschwingt. Alles ist Freude, alles ist Sonnenschein. Sie bewegt sich zwischen Automobilen, über ihr Flugmaschinen, neben ihr, in einem düsteren Hausflur, sitzt eine arabische Frau. Sie zerreibt ihr Getreide zwischen zwei Steinen und schaut kummervoll auf die kleine Menge groben Mehls. So lebt die Fellachin noch immer. Zwischen zwei Steinen zerreibt sie ihr Getreide, das sie auf ihrem Rücken heimbringt, auf dem Kopf nicht mehr die malerischen Tonkrüge, sondern hässliche und schwere Blechbüchsen mit Wasser. Dieser Blick zur Seite lehrt Maria immer wieder die Unausweichlichkeit ihres eigenen Schicksals. Solange Frauen so nahe so leben, kann einem der Achtstundentag in Cherut nicht genügen. Der arabische Fellach hat doch wieder jemand, den er unterdrücken und ausnützen kann. Wenn er keinen Esel hat, so hat er doch ein Weib. Er kauft sich ein Weib, nicht nur, um mit ihr Kinder zu zeugen, sondern vor allem, damit sie für ihn arbeitet und damit ihre Kinder für ihn arbeiten. Das ist gottgewollt. Überall, in allen finstern Winkeln der Welt, gibt es einen Gott, der so will. Die Husseinis und Marias werden überall ins Gefängnis geworfen, weil Gott dies will. Marias Welt hat sich verdüstert. Hier zwischen Automobilen und Flugzeugen sind es die Steine, mit denen jenes Weib ihr Getreide zerreibt, die ihr ihre eigene Armut und Schwäche ins Gedächtnis rufen.

Jussuf ist jetzt ein Jüngling, der von Achmed, seinem Onkel, viel über die arabische Bewegung hört. Der längst sein Ziel und seine Gedanken bei diesen Herz und Verstand so leicht fasslichen Ideen hätte, wenn nicht der Vater, verehrt und geliebt, so fremde Wege ginge. Husseini ist aus dem Tor des Gefängnisses getreten, erhobenen Hauptes, wahrlich nicht wie ein Besiegter. Neben ihm geht Jussuf, der seinen jüngsten Sohn auf dem Arm trägt. Jussuf starrt voll von Fragen, aber er schweigt und wartet. Sie sind schon in der Nähe der Bahnstation, sind denkend miteinander gegangen. Jussuf sagt es eindringlich und ernst: »Vater, sprich mit mir!« »Ich will es, mein Sohn«, ist Husseinis Antwort, und schweigend gehen sie weiter. Leila und Fatme wollen zurück nach Bethschan. Leila wartet auf Jussuf, ihren Sohn, der sie mit sich nehmen soll.

Sie sitzen sehr still im Zug, und Maria ist es, die alle Blicke und wenig wohlwollende auf sich zieht. Sie ist es, die diese arabische Familie aus dem Rahmen des Gewöhnlichen herausreißt. Maria begegnet den Blicken der jüdischen Männer und Frauen mit Sicherheit und Würde. Sie sitzt neben Silla. Sie wollte mit Silla über ihren Knaben sprechen, und sie spricht mit ihr über das Schicksal der Fellachinnen. Silla, die Tochter eines Fellachen aus Nouris, spricht ohne Verbitterung von ihrer Kindheit. Wer kann auch einem Kind den Vogelruf und Blumenduft nehmen. Auch ist die Güte der Kreatur so gewaltig, dass sie noch dort liebt, wo sie hassen sollte. Die Mutter hat sie gelehrt, den Vater, ihren Herren, zu lieben. Silla spricht das Wort »Herrn« eigentümlich bewegt aus. Sie nimmt Abschied davon, niemand soll wieder Herr über sie sein. Sie will frei sein, sie will viel wissen, um frei zu sein und zur Befreiung der anderen zu helfen. Finsterer Aberglaube und Dämonenfurcht sind stär-

kere Fesseln als eiserne Ketten und steinerne Wände.
Sie hat Maria beide Hände gereicht, und Maria möchte sich ihr mit beiden Händen darreichen. Es ist die
Leidenschaft des revolutionären Kampfes, die sie einhüllt und verschwistert. Bis Ruchna ein Wort in diese Flamme wirft. Es ist nicht mehr jene Ruchna aus
der Dämmerung der Gärten von Cherut, auch Maria
ist eine andere geworden. Die Beziehung ist dieselbe
geblieben. Ruchna ist ein überlegenes Weib, weil sie
so sehr Weib ist, dennoch ist sie in ihrer Liebe zwischen den beiden knabenhaften und leidenschaftli-
chen Kindern unterlegen. Weder ihr Blut noch ihr
Geist können dies fassen. Husseini wird keinen Weg
finden, ihr dies menschlich begreiflich zu machen,
und schwer ist es, auf die Götter und Dämonen zu
verzichten, mit denen man solches besser leben kann.

Maria will auch als Weib mit den Frauen des Husseini zusammenleben. Aber sie empfindet nur Silla
als Weib des Husseini, und Silla, dies ist ganz gewiss,
will nicht Husseinis Weib sein. So ist sie glücklich
und voll Freude, weil dieser Kelch an ihr vorüberge-
gangen ist. Wenn Ruchna den Mann Husseini will
und Husseini sich ihr geben will, was kümmert dies
Maria. Maria ist seit vielen Jahren gewohnt, ihre
Empfindungen zu durchdenken. Husseini, dem dies
fremd war, hat manchmal unter der Nacktheit ihrer
Worte gelitten, so wie er unter der Schamlosigkeit
ihrer Blicke gelitten hat. Husseini will mit diesen
Frauen zusammenleben. Das liegt auf seinem Weg
und gehört zu dem Ziel, das er sich gesteckt hat.

Anhang

1. Materialien

a) Fragmente

JISRAEL 1948

Es sind die Kinder Michaels und Chajims. Die Söhne und Töchter von Dina und Tani. Die Kinder von Cherut und Kana. Diese Kinder, über deren Pflege und Erziehung eine ganz Generation gedacht und gestritten hat. Sie sollen frei sein! Das war das Motto ihrer Erzieher. Diese Kinder tun Wunder an Großherzigkeit und Tapferkeit, an Mut und Furchtlosigkeit. Generationen werden von ihren Taten zu singen und zu sagen haben. Sie haben aus Palästina ISRAEL gemacht.

Die Kinder des Jussuf und der Fatme wollen mit ihnen leben und nicht gegen sie kämpfen. Deswegen kämpfen die Araber Palästinas nicht. Sie fühlen, das Glück und Freiheit nicht aus Mizraim zu ihnen kommen werden. Auch nicht aus Syrien und Damaskus.

Die Kinder der Sarah, die in Paris ihren jüdischen Jungen aus Bethschan geheiratet hat, leben in einer Kwuza an der syrischen Grenze. Husseini ist bei den Kämpfen um Spanien gefallen und Ismael bei der Verteidigung von Stalingrad. Die Enkelkinder der Maria leben in Cherut. Ihre christlich-amerikanische Mutter hat sie in diesen Tagen der Kämpfe und Bombardierungen nach Cherut gebracht. Damit sie in dieser Luft aufwachsen. Mit den Juden für die Freiheit kämpfen und für eine glückliche Zukunft leben sollen. In Cherut lebt auch seit Jahren eine Tochter arabischer Könige. »Mit euch für eine bessere Zukunft meines Volkes« sind die Worte dieser großen Frau.

*

Die Araber Palästinas kämpfen nicht. Seit dem großen Erdbeben, das Nablus beinahe vernichtet und das arabische Palästina an vielen Orten schwer geschädigt, das jüdische beinahe unberührt gelassen, sind die Araber Palästinas überzeugt, dass höhere Mächte hier im Spiel sind. Sie sind aus Haifa und von zuhause geflohen, obwohl man sie bat zu bleiben. Sie hatten noch einmal jüdische Wunder lebendig gesehen, und hoffen wir, dass eine Zeit kommen wird, wo über alles hinaus ein zufriedenes Zusammenleben möglich sein wird.

*

Obwohl er davon gehört hat, dass wenn Unfrieden und Unglück zwischen Mann und Frau gekommen ist, man die Götter der Liebe und Ehe mit Tanz und Gesang versöhnen kann. Aber das ist der Glaube der Frauen, der nicht im Koran steht, sondern von der Mutter zur Tochter gekommen durch alle Generationen.

*

Zu Cherut wird ein wahrer Kult mit den Kindern getrieben. Sie sind die Zukunft, und an ihnen soll sich die Lehre beweisen. Jeder bescheidene Überfluss geht zu den Kindern, und die Genossen sind bereit, jeden Mangel zu ertragen, damit die Kinder es gut haben. Die, die bis jetzt kinderlos sind, haben ihre ganze Kraft für diese Kinder eingesetzt, und nun kommen die, die sie schließlich nur gezeugt und geboren, und verlangen nun diese Kinder der Gemeinschaft als eigen.

b) Brief von Arthur Stadler
an Sarah Rappeport

I,III
Nachts, 4^h
Bin sehr müde!

Liebe,

Dein Roman ist eine große Leistung. Ich bin erstaunt. Es ist vielleicht gut, dass Du vorher nichts geschrieben und alles für dies eine Werk bewahrt hattest.

Aus dem, was ich einem Freund nach Berlin geschrieben habe, wirst Du beurteilen, wie ernst es mir ist.

Ich will, dass Du verstehst und glaubst, dass ich dein Werk bewundert habe – denn ich will dir schreiben, was daran fehlt. Es sind Dinge, die du nicht besser machen konntest, weil sie nichts mit dir zu tun haben, sondern mit hier. Aber du musst lernen. Wie jeder. Wie ich lernen musste schreiben – denn es schreibt nicht immer »aus einem«.

In solchen Augenblicken – wo es aus dir schreibt – klingen ganz Seiten wie aus der Bergpredigt oder wie aus der überlegenen Höhe des Anatole France – lässt dich die Inspiration im Stich, zeigt sich der Mangel an »Können« oder »Wissen«.

Ich werde dir also – immer in der Voraussetzung, dass Du an meine ehrliche Bewunderung glaubst (dies ist sehr schwer zu haben ...) – dir am besten sagen, was ich – in 24 Stunden Arbeit – verbessert habe.

Vor Allem: Ich habe die Frau umgetauft. Sie heisst nicht Dora. Dora heisst man nicht mehr in Europas Literatur. Und für die willst Du ja schreiben – indirekt. Dora heisst man noch bei der Eschstruth. Die Frau heisst jetzt Maria. Maria, wie die Dienstmädchen und Heiligen heissen, der einfache und schönste jüdisch-christliche Name. Maria Roth heisst sie. Gelb kann sie nicht heissen – aber Rot ist die Fahne des Kommunismus. Es war nicht angenehm, hundert Mal »Maria« ausbessern zu müssen – ich bekomme für jedes Mal einen Kuss.

Weiter: Man erlaubt nicht, »versuchsweise 10 Decken zu machen«. Sondern: Man erlaubt versuchsweise, 10 Decken zu machen.

Dann: Alle Deine Worte sind an Betonung gebunden – dadurch ergeben sich Missverständnisse (ich erinnere dich an Deinen Brief von letztesmal – »der Mann«) ... oder »zu den Felachinnen kommt man so nicht« Du meinst »so« nicht – aber leicht liest einer »so nicht«. In vielen Jahren habe ich gelernt, meine Sätze nicht mit meinen eigenen Ohren zu hören.

Man schreibt nicht in einem Gespräch »Bitt dich, Dora, red keinen Unsinn« auch wenn man so spricht. Natürlich darf man auch nicht schreiben »Oh Dora, siehe, sprich nicht [...].«

2. Zur Textgestalt

Der Roman ist in zwei maschinenschriftlichen Fassungen überliefert, die man, dem jeweiligen Vornamen der Protagonistin entsprechend, als Dora-Fassung (D) bzw. Maria-Fassung (M) bezeichnen kann. Die Dora-Fassung ist die ursprüngliche, die Maria-Fassung die von Arthur Stadler redigierte Version.[69] Das Manuskript der Dora-Fassung ist unvollständig erhalten, es fehlen einzelne Manuskriptseiten sowie das letzte Drittel des Romans. Die Maria-Fassung ist in einer vollständigen Reinschrift überliefert, die als Original und Durchschlag vorliegt (M1). Hinzu kommt eine überarbeitete Fassung der Maria-Version, die aber nur die ersten Seiten und das letzte Fünftel betrifft (M2).

Die vorliegende Edition stützt sich auf die Reinschrift der Maria-Fassung (M1), die sie um einige Zusätze aus M2 ergänzt. Zeichensetzung und Rechtschreibung sind an heutige Konventionen angepasst. Im Manuskript beginnen viele Sätze mit einer neuen Zeile, sie sind unter inhaltlichen Gesichtspunkten zu Absätzen zusammengefasst worden. Die Einteilung in Kapitel folgt dem Manuskript. Der Wortlaut wurde an einigen Stellen verbessert und geglättet, die im Folgenden aufgelistet sind.

67,2   *Berechnungen*: verbessert aus *Berechnung* (vgl. S. 93,10).

67,4   *Die Nächte sind kalt in Cherut*: Zusatz aus M2.

67,8   *zu*: Zusatz aus M2.

67,11   *nach Bethschan*: Zusatz aus M2.

67,14   *holpernden*: verbessert aus *holprigen*.

75,13   *Arabien*: verbessert aus *Arab*.

75,25   *Perlmutteinlagen*: verbessert aus *Perlmutter-einlagen*.

77,6   *auch*: ergänzt.

79,23   *viel*: anhand von D verbessert aus *voll*.

79,28   *all*: verbessert aus *alle*.

91,17   *geht*: ergänzt.

99,13   *auszutauschen*: verbessert aus *zu tauschen*.

100,8   *und*: ergänzt.

100,24 *können*: ergänzt.

101,7   *ihm*: verbessert aus *ihn*.

104,1   *die*: verbessert aus *den*.

104,22 *sie nicht*: verbessert aus *sie es nicht*.

105,7   *ist klar*: verbessert aus *ist es klar*.

108,21 *davon*: ergänzt.

110,27 *sich*: ergänzt.

113,5   *Husseinis*: verbessert aus *des Husseini*.

115,21 *zu*: ergänzt.

116,10 *wie*: verbessert aus *als*.

116,15 *wegen*: verbessert aus *von*.

118,7   *auf den*: verbessert aus *zum*.

118,24 *waren*: verbessert aus *war*.

118,25 *auch*: ergänzt.

120,7   *überlassen*: verbessert aus *zu überlassen*.

120,15   *Gedanke:* verbessert aus *Gedanken.*

129,19   *Café:* verbessert aus *Kaffee.*

130,4   *da:* ergänzt.

133,2   *reisen:* ergänzt.

136,26   *niemandes:* verbessert aus *niemanden.*

139,11   *bisher:* ergänzt.

139,19   *dass:* ergänzt.

147,14   *ihr/ihre:* verbessert aus *an ihr/an ihre.*

149,27   *zu:* ergänzt.

157,6   *hängen:* verbessert aus *hängt.*

164,17   *Für sie und Leila oder auch Silla oder die Frauen:* verbessert aus: *Sie gleich mit Leila oder auch mit Silla oder mit den Frauen.*

165,16   *Man vergisst sehr rasch in Cherut:* Zusatz aus M2.

171,12   *der:* verbessert aus *die.*

171,21   *also:* Zusatz aus M2.

173,2   *Als ihr Husseini einmal zuviel Draufgängerei [vorhält], antwortet sie:* Zusatz aus M2.

173,18   *und die:* verbessert aus *und an die.*

175,25   *Er wird es nicht dulden, dass sie noch einmal Bethschan verlassen:* Zusatz aus M2.

176,4   *ihn:* verbessert aus *er.*

182,25   *anstrenge:* verbessert aus *anstrengen.*

184,6   *des:* ergänzt.

3. Kommentar

67,1   Schatta: Shatta (auch Shutta), Dorf im Norden Israels, heute der Kibbuz Beit HaShita.

67,2   Bethschan: Bet Sch'ean, Beisan, Stadt im Nordosten Israels, südlich des Sees Genezareth.

67,5   Cherut: Hebräisch für »Freiheit«. Der Name ist eine Anspielung auf den Kibbuz En Charod im Norden Israels am Fuß des Berges Gilboa.

68,26 Sachne: Wasserquelle in der Nähe von Bet Sch'ean.

70,18 Nazarener: Bewohner der Stadt Nazareth, Beiname für Jesus von Nazareth.

71,6   Sicha: Versammlung im Kibbuz.

71,14 Der prophetenbärtige Mann aus Wien: Theodor Herzl.

73,3   Kena: verweist vermutlich auf den auf der gegenüberliegenden Straßenseite befindliche Kibbuz Tel Josef. Der Name dürfte auf Qumya bzw. Qumi anspielen, einen Hügel oberhalb von Tel Josef. Die dortige Siedlung war zwar arabisch, aber die Bewohner von Tel Josef bezeichneten ihren Kibbuz oft als Qumi.

79,4   Nourris: Nuris, ehemaliges arabisches Dorf in der Jesreel-Ebene.

79,30 Schuk: Suq, arabischer Markt.

80,19 Nargila: Nargilah, hebräisches Wort für Wasserpfeife.

88,20 Emek: Tal, hier die Jesreel-Ebene im Norden Israels.

89,16 Sedjer: bezieht sich vermutlich auf das nördlich von Cherut gelegene arabische Dorf und Handelszentrum Al-Shajara.

91,10 Hora: israelischer Kreistanz.

94,12 Masche: Österreichisch für Schleife.

98,19 Baklava: arabisches Süßgebäck.

100,19 Houri: Huri, Jungfrau im Paradies.

102,3 Kulloh min Allah: Alles kommt von Gott.

107,25 Dudaim: Liebesäpfel.

107,30 vortags: vor Tagesanbruch.

113,6 Dschehennah: Dschahannam, Name der Hölle im Islam.

113,14 verkürzt: benachteiligt (vgl. Deutsches Wörterbuch, Bd. 25, Sp. 705).

116,26 Neue alte Erde: Anspielung auf Theodor Herzls Roman *Altneuland*.

117,23 Sarin: palästinensisches Dorf südlich von Nablus (Kafr Qallil).

124,6 Wadi: Tal oder Flusslauf; Chedjas: Hedschas (Hejaz), Landschaft im westlichen Saudi-Arabien, die bis zur Südspitze Palästinas/Israels reicht.

126,24 Tel Schaman: Station auf der alten Haifa-Damaskus-Bahnlinie.

129,9 El Kuds: As Quds, arabischer Name für Jerusalem.

130,16 Lowka: kommunistischer Genosse in Haifa.

134,20 Mann [...] aus der Bande des Said: Isar.

135,8   Kinereth: Kinneret, hebräisch für Genezareth

135,24   Semack: Samakh, ehemaliges Dorf mit Bahn-
         station am Südende des Sees Genezareth.

135,26   Aman: Amman, Hauptstadt des heutigen Jor-
         danien.

142,26   Akko: Akkon, Hafenstadt im Norden Israels
         in Galiläa an der Küste des östlichen Mittel-
         meers.

148,28   rein: in reiner, vollkommener Weise.

151,18   verstandesledig: unverständig, besinnungslos.

177,11   P.K.P.: Kommunistische Partei Palästinas.

179,20   Deganjah: Deganja, Kibbuz im Norden Israels,
         südwestlich des Sees Genezareth.

181,23   Afule: Afula, Stadt im Norden Israels in der
         Jesreel-Ebene.

186,1   Kombine: Mähdrescher.

195,5   Chajim: Wie aus einer Manuskriptseite einer
         anderen Fassung hervorgeht, handelt es sich
         bei Chajim um Herbert.

195,18   Mizraim: hebräischer Name für Ägypten.

196,8   Erdbeben: Das Erdbeben vom 11. Juli 1927.

198,22   Anatole France: französischer Schriftsteller
         (1844–1924), erhielt 1921 den Literaturnobel-
         preis.

199,4   Eschstruht: Nataly von Eschstruth (1860–
         1939), Verfasserin zahlreicher Unterhaltungs-
         romane, die zwischen 1883 und 1926 erschie-
         nen.

199,7   Gelb: Sarah Rappeports Mädchenname.

4. Literaturverzeichnis

a) Ausgaben

Buber, Martin: Briefwechsel aus sieben Jahrzehnten. 3 Bände. Mit einem Geleitwort von Ernst Simon und einem biographischen Abriß als Einleitung von Grete Schaeder. Heidelberg 1972.

Buber, Martin: Werkausgabe. Bd. 3: Frühe jüdische Schriften. 1900–1922. Hg., eingeleitet und kommentiert von Barbara Schäfer. Gütersloh 2007.

Gutgeld, Shulamith: Die Frauenfrage in Palästina. Warschau 1926 (hebräisch).

Hirschfeld, Magnus: Die Homosexualität des Mannes und des Weibes. Mit einem Namen-, Länder-, Orts- und Sachregister. Berlin 1914.

Hirschfeld, Magnus: Die Weltreise eines Sexualforschers. Mit 47 Abbildungen. Brugg (Schweiz) 1933.

Rappeport, Elijahu: Loblieder. Köln 1923.

Rappeport, Elijahu: Das Buch Jeschua des Elijahu ben Lazar. Leipzig 1920.

Tsur, Muki (Hg.): Unsere Gemeinschaft – Sammlung 1922: Gedanken, Dilemmata und Wünsche der Pioniere. Jerusalem 1988 (hebräisch).

b) Darstellungen

Abbasi, Mustafa: Stadt der Bauern und Händler: Beisan in Palästinas Mandatszeit (1918–1948). In: Iyunim B'Tkumat Israel 25 (2015), S. 450–487 (hebräisch).

Aschheim, Steven: Brothers and Strangers: The East European Jew in German-Jewish Consciousness, 1800–1923. Madison 1982.

Bernstein, Deborah S.: Constructing Boundaries: Jewish and Arab Workers in Mandatory Palestine. Albany, NY 2000.

Bernstein, Deborah S: Frauenforschung in der israelischen Historiographie. In: Margalit Shilo/Ruth Kark/Galit Hazan-Rokem (Hgg.): Die Neue Hebräische Frau: Frauen im Zionismus in der Geschlechterperspektive. Jerusalem 2001, S. 7–25 (hebräisch).

Carmel, Alex: Die Siedlungen der württembergischen Templer in Palästina (1868–1918). Stuttgart 2000.

Dotan, Shmuel: Die Roten: Die Kommunistische Partei in Palästina. Kfar Saba 1991 (hebräisch).

Hess, Tamar: »Würdest Du nach der Gestalt einer Fußmatte fragen?« Weiblichkeitsbilder in der Literatur der Dritten Alija. M.A. Thesis, Hebräische Universität Jerusalem 1995 (hebräisch).

Hoffer, Willi: Siegfried Bernfeld and »Jerubbaal«: An Episode in the Jewish Youth Movement. In: Leo Baeck Institute Year Book 10 (1965), S. 150–167.

Horowitz, David: Mein Morgen. Tel Aviv 1970 (hebräisch).

Kark, Ruth, Margalit Shilo and Galit Hazan-Rokem (Hgg.): Jewish Women in Pre-State Israel: Life History, Politics, and Culture. Wahltham, Mass. 2009.

Kafkafi, Eyal: Von der Sublimierung der Weiblichkeit zur Sublimierung der Mutterschaft. Phasen des Hashomer Hatzair gegenüber Frauen. In: Iyunim B'Tkumat Israel 11 (2001), S. 306–349 (hebräisch).

Krämer, Gudrun: Geschichte Palästinas. Von der osmanischen Eroberung bis zur Gründung des Staates Israel. München 2015.

Margalit, Elkana: Kommune, Gesellschaft und Politik: Gdud Haavoda in Erinnerung an Joseph Trumpeldor in Eretz Israel. Tel Aviv 1980 (hebräisch).

Margalit, Elkana: »Hashomer Hatzair« – Von der Jugendgemeinschaft zum revolutionären Marxismus (1913–1936). Tel Aviv 1971 (hebräisch).

Melman, Billi: Von der Peripherie ins Zentrum der Geschichte: Geschlecht und nationale Identität im Yishuv (1890–1920). In: Zion 67/3 (1997), S. 87–243 (hebräisch).

Mintz, Matityahu: Schmerzen der Jugend: Hashomer Hatzair, 1911–1921. Jerusalem 1995 (hebräisch).

Naor, Mordechai/Dan Giladi: Das Land Israel im Zwanzigsten Jahrhundert, 1900–1950. Tel-Aviv 1990 (hebräisch).

Nordheimer Nur, Ofer: Eros and Tragedy: Jewish Male Fantasies and the Masculine Revolution of Zionism. Brighton, Mass. 2014.

Peled, Rina: Der Neue Mann der zionistischen Revolution. Hashomer Hatzair und seine europäischen Wurzeln. Tel Aviv 2002 (hebräisch).

Rechter, David: Bubermania: The Jewish Youth Movement in Vienna, 1917–1919. In: Modern Judaism 16 (1996), S. 25–45.

Reshef, Shimon: Neue Erziehung in Eretz-Israel 1915–1929. HaShomer HaTzair 1985 (hebräisch).

Ron-Polani, Yehuda: Die erste Kindergesellschaft in Israel. In: Niv HaKvutza 31 (August 1959), S. 487–498 (hebräisch).

Shaham, Nathan: Berg und Heim. Tel Aviv 1986 (hebräisch).

Salmon, Yosef: Ideology and Reality in the Bilu »Aliyah«. In: Harvard Ukrainian Studies 2/4 (December 1978), S. 430–466.

Ufaz, Aviva: Das ›feministische Problem‹ und weibliche Selbstverwirklichung in einer Pioniergesellschaft: Eine Relektüre von Kehilliyatenu. In: Cathedra 95 (2000), S. 101–118 (hebräisch).

Wallas, Armin A.: Kulturzionismus, Expressionismus und jüdische Identität. Die Zeitschriften Jerubbaal (1919/19) und Esra (1919/20) als Sprachrohr und Diskussionsforum der zionistischen Jugendbewegung in Österreich. In: Armin A. Wallas (Hg.): Jüdische Identitäten in Mitteleuropa. Literarische Modelle der Identitätskonstruktion. Tübingen 2002 (Conditio Judaica 38), S. 61–100.

5. Anmerkungen

1   Vgl. Bernstein (2001).
2   Vgl. Kark (2009); Kafkafi (2001); Nordheimer Nur (2014);
    Melman (1997).
3   Vgl. Salmon (1978).
4   Vgl. Aschheim (1982).
5   Gespräche mit Dina Rappeport und Aya Azrialant.
6   Buber (1972).
7   Buber (1972), Bd. 1, Brief 161, S. 290–291.
8   Buber (1972), Bd. 1, Brief 164, S. 293.
9   Gespräch mit Dina Rappeport und Aya Azrialant.
10 Vgl. Buber (1972), Bd. 1, Brief 267, S. 392–394.
11 Gespräch mit Dina Rappeport und Aya Azrialant.
12 Vgl. Buber (1972), Bd. 1, Brief 399, S. 539–541.
13 Vgl. Tsur (Hg.) (1988), S. 5.
14 Ebd.
15 Gespräch mit Aya Azrialant.
16 Vgl. Naor/Giladi (1990).
17 Vgl. Tsur (Hg.) (1988), S. 6.
18 Gespräche mit Muki Tsur und Aya Azrialant.
19 Vgl. Ron-Polani (1959), S. 487–498.
20 Reshef (1985).
21 Vgl. Krämer (2015), S. 267–271.
22 Hirschfeld (1933), S. 371.
23 Gespräche mit Aya Aazrialant.
24 Dieses Jahr wird im auf dem Titelblatt des ebenfall im
    Familienbesitz befindlichen Manuskripts der hebräischen
    Übersetzung genannt. Auch Tsur (Hg.) (1988), S. 93, nennt
    1925 als Entstehungsjahr. Eine andere maschinenschriftliche
    Kopie der hebräischen Übersetzung nennt 1923 als
    Entstehungsjahr, korrigiert diese Zahl aber in einem Postskript
    zu 1925.
25 Eine Übersicht findet sich auf textkritik.de: Der Expressionist
    Leopold Krakauer, S. 374 [J 4 (1919/20)]; Der Weg in das Land,
    S. 335 [J 4 (1919/20)]; Die Familie als Element der
    Gemeinschaft, S. 215 [J 4 (1919/20)]; Das Wort zwischen den
    Völkern, S. 52 [J 1 (1916/17)]; Glossen zum jüdischen
    Jugendtag in Wien, S. 142 [J 3 (1918/19)]; Gottes Volk, S. 20 [J
    3 (1918/19)]; In ein Gedenkbuch, S. 164 [JS 5 (1928)];
    Ketzerworte des Dr. A. A. Rieser, S. 544 [J 1 (1916/17)],
    Loblieder, S. 426 [J 3 (1918/19)]; Saulus, S. 276 [J 2
    (1917/18)]. – Zu Ernst Elijahu Rappeport vgl. auch Wallas
    (2002).

26 Buber (2007), S. 67.

27 Dieses und die nachfolgenden Zitate: Buber (2007), S. 19.

28 Der Jude. Sonderheft zu Martin Bubers fünfzigstem Geburtstag. Berlin 1928, S. 164.

29 Die Doppelungen des Titels und des Namens der Verfasserin erscheinen auch in den Abschriften der hebräischen Übersetzung.

30 Vgl. S. 81 in dieser Ausgabe.

31 Vgl. S. 165 in dieser Ausgabe.

32 Vgl. S. 164, 194 in dieser Ausgabe.

33 Greenblatt (1990), S. 12.

34 Hirschfeld (1933), S. 371.

35 Vgl. die Ausgabe von Tsur (Hg.) (1988). – Der fünfte Abschnitt meines Beitrags beruht auf Hinweisen, die ich Moshe Sluhovsky verdanke.

36 Peled (2002) und Nordheimer-Nur (2014) bieten die besten Untersuchungen zur Bitanya-Gruppe.

37 Tsur (Hg.) (1988), S. 37.

38 Tsur (Hg.) (1988), S. 39.

39 Tsur (Hg.) (1988), S. 39.

40 Tsur (Hg.) (1988), S. 34.

41 Tsur (Hg.) (1988), S. 184.

42 Tsur (Hg.) (1988), S. 185–188.

43 Hirschfeld (1933), S. 368–370, hier S. 370.

44 Vgl. S. 71 in dieser Ausgabe.

45 Hirschfeld (1933), S. 370–372, hier S. 370.

46 Hirschfeld (1933), S. S. 372–374, hier S. 372–373.

47 Hirschfeld (1933), S. 372.

48 Hirschfeld (1933), S. 374–376, hier S. 374.

49 Hirschfeld (1914).

50 Vgl. S. 76 in dieser Ausgabe.

51 Vgl. S. 99 in dieser Ausgabe.

52 Vgl. S. 113 in dieser Ausgabe.

53 Margalit (1971).

54 Margalit (1980).

55 Horowitz (1970), S. 143; Shaham (1984)

56 Horowitz, S. 122–123.

57 Hoffer (1965); Rechter (1996).

58 Abbasi (2015).

59 Carmel (2000).

60 Dotan (1991), S. 65–102; Bernstein (2000).

61 Vgl. S. 178 in dieser Ausgabe.

62 Vgl. S. 116 in dieser Ausgabe.

63 Vgl. S. 116 in dieser Ausgabe.

64 Tsur (Hg.) (1988), S. 242–244.

65 Hess (1995); Ufaz (2000).

66   Gutgeld (1926).
67   Gutgeld, S. 9.
68   Vgl. S. 194 in dieser Ausgabe.
69   Vgl. oben S. 33 ff.

Jüdische Spuren
Band 9
Herausgegeben von Liliana Ruth Feierstein

Umschlag vorn: Sarah Rappeport, ca. 1927

Das Forschungsprojekt wurde unterstützt durch ein Stipendium der German-Israeli Foundation for Scientific Research and Develompent (GIF).

Die Deutsche Nationalbibliothek verzeichnet diese Publikation in der Deutschen Nationalbibliografie; detaillierte Daten sind im Internet über https://portal.dnb.de/ abrufbar.

© 2020 Hentrich & Hentrich Verlag Berlin Leipzig
Inh. Dr. Nora Pester
Haus des Buches
Gerichtsweg 28
04103 Leipzig
info@hentrichhentrich.de
http://www.hentrichhentrich.de

Gestaltung: Gudrun Hommers
Druck: Winterwork, Borsdorf

1. Auflage 2020
Alle Rechte vorbehalten
Printed in Germany
ISBN 978-3-95565-374-3

6. Abbildungsnachweis

Alle Abbildungen stammen aus Privatbesitz.